DESNUDA EN SUS BRAZOS

SANDRA MARTON

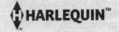

HARLEQUIN™

Editado por Harlequin Ibérica.
Una división de HarperCollins Ibérica, S.A.
Núñez de Balboa, 56
28001 Madrid

© 2006 Sandra Myles
© 2016 Harlequin Ibérica, una división de HarperCollins Ibérica, S.A.
Desnuda en sus brazos, n.º 2511 - 14.12.16
Título original: Naked in His Arms
Publicada originalmente por Mills & Boon®, Ltd., Londres.
Este título fue publicado originalmente en español en 2007

I.S.B.N.: 978-84-687-8919-4
Depósito legal: M-34161-2016
Impresión en CPI (Barcelona)
Fecha impresion para Argentina: 12.6.17
Distribuidor exclusivo para España: LOGISTA
Distribuidores para México: CODIPLYRSA y Despacho Flores
Distribuidores para Argentina: Interior, DGP, S.A. Alvarado 2118.
Cap. Fed./Buenos Aires y Gran Buenos Aires, VACCARO HNOS.

Prólogo

ERA un hombre fuerte, de un metro ochenta de estatura, y estaba muy, muy enfadado. Tenía el pelo negro como el azabache, los pómulos altos de su madre medio comanche y el mentón fuerte de su padre texano. Esa noche la bravura de su familia materna le corría por las venas con fuerza.

Estaba de pie en medio de una habitación donde la oscuridad quedaba interrumpida por la luz lechosa de la luna. Las sombras huían a los rincones, otorgándole al espacio una frialdad funesta; y el susurrar del viento entre los árboles en el exterior de la casa se añadía a la sensación de desasosiego.

Los inquietos movimientos de la mujer que dormía en la gran cama con dosel eran fruto de todo ello.

Estaba sola, la mujer a la que él había creído amar. Esa mujer a la que conocía. A la que conocía íntimamente.

La delicadeza de su aroma, como un susurro de lilas en primavera, estaba impresa en su mente, así como su cabello castaño dorado deslizándose sobre su piel, y el sabor de sus pezones, calientes y dulces en su lengua.

Apretó la mandíbula. Ah, sí. La conocía. Al menos, eso era lo que había pensado.

Pasó un rato. La mujer murmuró algo en sueños y movió la cabeza con agitación de un lado al otro. ¿Estaría soñando con él? ¿Con cómo se había burlado de él?

Razón de más para ir allí esa noche.

Superación del conflicto. La palabrería de los psiquiatras del siglo XXI que no tenían ni la más remota idea de lo que en realidad significaba.

Alexander sí. Y cerraría aquel capítulo cuando hiciera suya a la mujer que estaba en esa cama una última vez. Quería tomarla, sabiendo lo que era; sabiendo que lo había utilizado; que todo lo que habían compartido había sido una mentira.

La despertaría de su sueño. La desnudaría. Le sujetaría las manos sobre la cabeza, y se aseguraría de que lo mirara a los ojos mientras la tomaba, para que viera que no significaba nada para él, que practicar el sexo con ella era una liberación física y nada más.

Había habido docenas de mujeres antes que ella y habría docenas más. Nada de ella, o lo que habían hecho el uno en brazos del otro, era memorable.

Él lo entendía bien. Pero tenía que estar seguro de que ella también lo entendía.

Alexander se inclinó sobre la cama. Agarró el borde del edredón que la cubría y lo retiró.

Ella llevaba puesto un camisón, seguramente de seda. A ella le gustaba la seda. Y también a él. Le gustaba el tacto de la seda, y cómo se había deslizado sobre su piel todas esas veces en las que ella le había hecho el amor con su cuerpo, con sus manos y su boca.

La miró. No podía negar que era preciosa. Tenía un cuerpo magnífico. Un cuerpo largo y formado. Concebido para el sexo.

Adivinó la forma de sus pechos bajo la tela fina, redondeados como manzanas, coronados con pezones pálidos y tan sensibles al tacto que sabía que, si agachaba la cabeza y pasaba suavemente la punta de la lengua por su delicada consistencia, arrancaría de su garganta un gemido gutural.

Bajó la vista un poco más, hasta su monte de Venus, una oscura sombra visible a través del camisón; del color de la miel oscura. Los gemidos que ella había emitido cuando él se lo había acariciado, cuando había separado sus labios con la punta de los dedos, cuando había pegado allí su boca, buscando la yema escondida que lo esperaba. La había lamido, había succionado con la boca mientras ella se arqueaba hacia él y sollozaba su nombre.

Mentiras todo ello. No se sorprendía. Era una mujer a quien le encantaban los libros y las fantasías que encerraban.

Pero él era un guerrero, y su supervivencia se basaba en la realidad. ¿Cómo había podido olvidarse de eso?

¿Y cómo era posible que solo con mirarla se excitara? El hecho de que aún la deseara le fastidiaba mucho.

Se dijo que era normal; que era sencillamente natural.

Y tal vez fuera por eso mismo por lo que tenía que hacerlo. Sería un último encuentro, sobre todo en esa cama. Una última vez para saborearla; para hundirse entre sus muslos de seda. Sin duda eso calmaría un poco su rabia.

Había llegado el momento, se decía mientras le rozaba suavemente los pezones.

—Cara.

Su voz era tensa. Ella se quejó en sueños, pero no se despertó. Él repitió su nombre, la tocó otra vez. Ella abrió los ojos, y él vio el pánico repentino en su mirada.

Justo antes de que pudiera gritar, él se quitó el pasamontañas negro para que ella pudiera verle la cara.

Su expresión de pánico dio paso a algo que él no logró identificar.

—¿Alexander? —susurró ella.

–Sí, cariño.

–¿Pero... cómo has entrado?

Su sonrisa fue pausada y escalofriante.

–¿De verdad crees que este sistema de seguridad me impediría entrar?

Ella pareció darse cuenta en ese momento de que estaba casi desnuda. Fue a taparse con el edredón, pero él negó con la cabeza.

–No vas a necesitarlo.

–Alexander. Sé que estás enfadado.

–¿Es así como crees que estoy? –sonrió con el mismo gesto que había aterrorizado a algunas personas mucho tiempo atrás–. Quítate ese camisón.

–¡No! ¡Alexander, por favor! No puedes...

Se inclinó, posó sus labios sobre los de ella y la besó salvajemente, aunque ella forcejeara. Entonces agarró del escote del fino camisón y se lo arrancó.

–Estás equivocada –dijo él–. Esta noche puedo hacer lo que quiera, Cara. Y te prometo que lo haré.

Capítulo 1

NADIE le había preguntado a Alexander Knight si a un hombre se le podía encoger el estómago de ansiedad; pero si alguien lo hubiera hecho, se habría echado a reír y habría dicho que eso no era posible.

¿Además, por qué se lo iban a preguntar?

La ansiedad no estaba en su diccionario; aunque sabía lo que significaba sentir tensión, y que el pulso le latiera más deprisa. Al fin y al cabo, la expectación había sido parte de su vida durante mucho tiempo. No podía pensar en los años en las Fuerzas Especiales y después en operaciones secretas sin experimentar momentos de estrés; pero eso no era lo mismo.

¿Por qué un hombre iba a mostrarse tan nervioso cuando se había entrenado especialmente para enfrentarse al peligro?

Alexander aparcó su BMW en el aparcamiento detrás del edificio que no había visto en tres años. Que no había visto, y en el que no había pensado... ¡Pero qué mentira! Había tenido muchos sueños en los que se había despertado con el corazón acelerado y las sábanas revueltas y sudorosas.

Lo primero en lo que sus hermanos y él habían estado de acuerdo, incluso antes de planear siquiera el abrir juntos una empresa llamada Especialistas en Situaciones de Riesgo, había sido que de ninguna manera volverían a cruzar esas puertas de cristales tintados.

–Yo no –había dicho Matt en tono sombrío.

–Ni yo –había añadido Cam.

Y Alexander se había mostrado muy de acuerdo. No volvería a pasar por aquel condenado sitio hasta que a las ranas les creciera el pelo.

Apretó los dientes. De poco parecía haber valido esa promesa. Estaba en Washington D.C., hacía un tiempo frío y gris propio de aquel mes de noviembre, y en ese momento él cruzaba aquellas condenadas puertas y avanzaba por el suelo de baldosas hacia la mesa de seguridad.

Y lo peor era que todo estaba igual, como si nunca se hubiera marchado de allí. Incluso se llevó la mano automáticamente al bolsillo para sacar su tarjeta de identificación; pero, por supuesto, no tenía ninguna tarjeta en el bolsillo, tan solo la carta que le había llevado hasta allí.

Dio su nombre al guardia de la puerta, quien primero lo comprobó en una lista y después en el monitor del ordenador.

–Adelante, por favor, señor Knight.

Alexander atravesó la puerta de seguridad.

Primer control, pensaba Alexander mientras los aparatos electrónicos llevaban a cabo una exploración preliminar.

Un segundo guardia le entregó una placa de identificación para visitantes.

–Los ascensores están en frente, señor.

Sabía dónde estaban los malditos ascensores. Sabía, después de entrar y de apretar el botón, que las puertas tardarían dos segundos en cerrarse y el ascensor siete segundos en llegar al piso dieciséis. Sabía que había salido a lo que parecía el pasillo de cualquier edificio de oficinas, salvo porque el techo luminiscente estaba lleno de láseres y solo Dios sabía de qué más, todos ellos vigilándolo de la cabeza a los pies; y que la puerta negra donde se leía Solo Personal Autorizado se abriría cuando tocara un teclado numérico con el pulgar y fijara la mirada al frente para que otro láser le leyera la retina para verificar que era de verdad Alexander Knight, el espía.

Exespía, se recordó Alexander. Sin embargo, pasó el pulgar por el teclado numérico intrigado por ver qué pasaría; y para sorpresa suya, activó el escáner de la retina y unos segundos después la puerta negra se abrió, como lo había hecho años atrás.

Todo seguía igual, incluso la mujer vestida con traje gris tras la larga mesa de frente a la puerta. Se levantó tal y como había hecho tantas veces en el pasado.

—El director lo espera, señor Knight.

Nada de «hola», ni de «¿qué tal le ha ido?». Solo el mismo saludo brusco de siempre cuando había pasado por allí entre una misión y otra.

Alexander la siguió por un largo pasillo hasta una puerta cerrada. Esa, sin embargo, se abrió simplemente al girar el pomo. Entró en un despacho grande de ventanas con cristales antibalas y con vistas a la circunvalación que rodeaba Washington.

El hombre sentado a la mesa de madera de cerezo levantó la cabeza, sonrió y se levantó de la silla. Era el único cambio en aquel sitio. El antiguo director para quien Alexander había trabajado había desaparecido. Su ayudante le había sustituido, se llamaba Shaw, y a Alexander nunca le había gustado.

—Alexander —dijo Shaw—. Me alegra verte de nuevo.

—Yo también me alegro de verlo —respondió Alexander.

Era mentira, pero las mentiras eran el alma de la Agencia.

—Siéntate, por favor. Ponte cómodo. ¿Has desayunado? ¿Te apetece un poco de café o de té?

–No quiero nada, gracias.

El director se recostó en su sillón de cuero giratorio y apoyó las manos sobre su incipiente barriga.

–Bueno, Alexander. Tengo entendido que te va muy bien.

Alexander asintió.

–Esa compañía tuya... Especialistas en Situaciones de Riesgo, ¿verdad? He oído cosas magníficas sobre el trabajo que hacéis tus hermanos y tú –el director soltó una risilla de complicidad–. Un elogio para nosotros, creo yo. Es bueno saber que las técnicas que has aprendido aquí no se han echado a perder.

Alexander sonreía sin ganas.

–Nada de lo que aprendimos aquí se ha echado a perder. Siempre recordaremos todo.

–¿Ah, sí? –dijo el director, y de pronto la sonrisa falsa había desaparecido; se inclinó hacia delante, apoyó las manos sobre la mesa y taladró a Alexander con su mirada de ojos azules–. Eso espero. Espero que recuerdes la promesa que hiciste cuando entraste en la Agencia de honrar, defender y servir a tu país.

–Honrar y defender –Alexander respondió con frialdad, despreciando definitivamente los falsos cumplidos; había llegado el momento de ceñirse a lo básico–. Sí. Lo recuerdo. Tal vez usted recuerde que la interpretación de esa promesa por parte de la Agencia fue la principal razón por la que mis hermanos y yo dejamos nuestro empleo.

–Un ataque de conciencia de colegial –respondió el director con la misma frialdad–; mal encaminada y mal aplicada.

–He oído este sermón antes. Entenderá que no me interesa escucharlo de nuevo. Si me ha hecho venir para eso...

–Le he hecho venir porque necesito que sirva de nuevo a su país.

–No –dijo Alexander inmediatamente poniéndose de pie.

–Maldita sea, Knight... –el director aspiró hondo–. Siéntese. Al menos escuche lo que quiero decirle.

Alexander miró al hombre que había sido el segundo de a bordo durante más de dos décadas. Pasado un momento se sentó de nuevo sin muchas ganas.

–Gracias –dijo el director.

Alexander se preguntó por qué le había costado tanto decir esa sencilla palabra.

–Tenemos un problema –continuó el director.

–Lo tendrán ustedes.

Eso provocó un sonido que podría haber pasado por una risa.

–Por favor. No empecemos con los juegos de palabras. Déjame decir lo que tengo que decir a mi manera.

Alexander se encogió de hombros. No tenía nada que perder. Porque dijera lo que dijera el director, en unos minutos saldría por esa puerta y en unos cuantos más se alejaría de aquel edificio.

Shaw se inclinó hacia delante.

–El FBI ha venido a mí por una, esto, situación muy delicada.

Alexander arqueó sus cejas oscuras. El FBI y la Agencia ni siquiera reconocían el uno la existencia del otro. Ni en público, ni en un congreso ni en ningún sitio de importancia.

–El nuevo director del FBI es un antiguo conocido mío y... bueno, como digo, se ha presentado una situación particular.

Silencio. Alexander juró que no sería él quien lo rompiera, pero su curiosidad pudo más; y después de todo, sentir curiosidad no significaba que fuera a implicarse en lo que fuera que estuviera ocurriendo allí.

–¿Qué situación?

El director se aclaró la voz.

–El juramento de guardar silencio que hiciste con nosotros sigue vigente.

Alexander torció el gesto.

–Soy consciente de ello.

–Eso espero.

–Sugerir lo contrario es un insulto para mi honor, señor.

–Maldita sea, Knight, dejémonos de tonterías. Era uno de nuestros mejores agentes. Ahora, sencillamente necesitamos su ayuda de nuevo.

–Ya se lo he dicho, no me interesa.

–¿Ha oído hablar de la familia Gennaro?

–Sí.

Todo los funcionarios de la ley habían oído hablar de ella. La familia Gennaro estaba metida en asuntos de drogas, prostitución y juego ilegal.

–¿Y conoce la acusación contra Anthony Gennaro?

Alexander asintió. Un par de meses antes, el fiscal federal de Manhattan había anunciado la acusación contra el jefe de la familia por cargos que iban desde asesinato hasta dejar levantada la tapa del váter. Si lo condenaban, Tony Gennaro se quedaría de por vida en la prisión, y el poder de la familia terminaría ahí.

–Los federales me dicen que tienen un caso excelente, con muchas pruebas –el director hizo una pausa–. Pero su as en todo esto es un testigo.

–No veo qué tiene eso que ver conmigo.

–El testigo no ha querido cooperar. Después de que inicialmente accediera a colaborar, se echó atrás. Ahora el Departamento de Justicia no sabe qué hacer. El testigo ha accedido finalmente a hablar –dijo el director con calma–, pero...

–Pero los Gennaro podrían llegar primero a él.

–Sí. O a lo mejor el testigo decide no testificar.

–Otra vez.

El director asintió.

–Exactamente.

–Todavía no veo...

–El fiscal general y yo nos conocemos desde hace mucho, Alexander. Muchísimo tiempo...

El director vaciló un poco. Alexander nunca le había visto hacer eso antes.

–Le parece que los métodos habituales de protección de testigos no funcionarían en este caso. Y yo estoy de acuerdo.

–¿Quiere decir que no está dispuesto a meter a su testigo en la habitación de un hotel barato de Manhattan? –Alexander sonrió–. Tal vez hayan aprendido algo mientras he estado fuera.

–Lo que necesitan, lo que necesitamos, Knight, es a un agente secreto profesional. A un hombre que haya estado en la línea de fuego, que sepa que no se debe confiar en nadie, y que no tema hacer lo que sea, lo que haga falta, para mantener la seguridad de este testigo.

Alexander se puso de pie.

–Tiene razón. Es exactamente el tipo de hombre que necesitan, pero no voy a ser yo.

El director se levantó también.

–He meditado mucho este asunto. Es usted el hombre adecuado, el único hombre, para esta misión.

–No.

–Diantres, Knight, juró lealtad a su país.

–¿Qué parte del «no» no comprende, Shaw?

Nadie utilizaba jamás el nombre del director. Su nombre quedó suspendido en el silencio que siguió.

–Diría que ha sido agradable verlo de nuevo –le dijo él al llegar a la puerta del despacho–. ¿Pero por qué mentir sobre ello?

–¡Jamás lo condenarán si no prestas tu ayuda!

Alexander abrió la puerta.

–¡Matarán al testigo! ¿Quieres cargar con eso en tu conciencia?

Alexander miró al hombre.

–Mi conciencia ni siquiera lo notará –respondió en tono desapasionado–. Usted debería saberlo mejor que nadie en este mundo.

–¡Knight! ¡Knight! ¡Vuelva aquí!

Alexander cerró la puerta de un portazo y se marchó de allí.

Volvió al aeropuerto con el BMW negro, lo dejó en el local de alquiler y reservó una plaza en el avión a Nueva York.

Cualquier cosa mejor que pasar unas horas más respirando el aire de una ciudad donde los políticos besaban a los bebés mientras las agencias que ellos mismos patrocinaban urdían asesinatos llevados a cabo por hombres fríos que vivían en la sombra.

Sabía que pasaba lo mismo en muchos otros países del mundo, pero no por eso le costaba menos aceptarlo.

Tenía casi una hora para matar el tiempo, de modo que se sentó en la sala de embarque de primera clase. Una de las azafatas le sirvió un bourbon doble. Una morena que estaba sentada en frente levantó la vista de su ejemplar de *Vanity Fair*, la bajó de nuevo y al instante la alzó otra vez.

Su sonrisa habría sido el orgullo de cualquier dentista.

De algún modo, la minifalda de su traje de Armani se le subió un par de centímetros más. A Alexander no le importó. La señorita tenía unas piernas estupendas.

Pensándolo bien, lo tenía bien todo. Cuando le sonrió por segunda vez, él agarró la copa, cruzó la sala y se sentó a su lado. Pasado un rato sabía ya muchas cosas de ella. En realidad sabía todo lo que a un hombre le hacía falta saber, incluido que vivía en Austin. No demasiado lejos de Dallas.

Y desde luego que tenía interés.

Pero aunque él continuaba sonriendo, repentinamente se dio cuenta que no sonreía de verdad. Tal vez fuera por esa reunión con el director, o por estar de vuelta en Washington D.C. El estar allí le había despertado muchos recuerdos, la mayoría no deseados, sobre todo el recuerdo de lo joven e inocente que había sido cuando había hecho el juramento en la Agencia.

Nadie le había dicho que palabras como «servir» y «honor» podrían corromperle y robarle el alma a un hombre.

Su obligación con la Agencia había terminado el día en que lo había dejado. Además, por lo que había dicho Shaw, eso no tenía nada que ver con defender ni con servir al país.

Tenía que ver con una familia mafiosa y un testigo. Un testigo cuya vida corría peligro.

La morena se inclinó hacia él, le dijo algo y sonrió. Alexander no oyó ni palabra de lo que le había dicho, pero le devolvió la sonrisa.

Shaw no era dado a la exageración. Utilizaba palabras como las que había utilizado solo cuando respondían a la verdad.

Maldita sea, debería haber escuchado a Matt y a Cam. Habían cenado juntos en casa de su padre. Las cosas habían cambiado en su relación con su padre. No era perfecta, pero mucho mejor que cuando habían sido pequeños. Lo único que había hecho falta para conseguirlo, Alexander recordaba con pesar, había sido que Cam hubiera estado a punto de morir y que Matt se hubiera visto implicado en un tiroteo.

Sus cuñadas habían pasado a la cocina para prepa-

rar café y los postres. Sus hermanos y él habían pasado un rato gastándose bromas, incluso su padre había
participado de la conversación, y entonces Alexander
había mencionado de pasada que el director lo había
llamado.

–Quiere que tome un vuelo mañana.

Matt se echó a reír.

–Debe de estar loco si cree que vas a ir.

–¿Le has dicho lo que puede hacer con su peti-
ción? –dijo Cam.

Alexander vaciló un poco.

–Tengo que reconocer que siento curiosidad.

–Al diablo con la curiosidad –había dicho Matt de
modo tajante–. No sé lo que quiere Shaw de ti, pero
me juego el cuello a que no es nada bueno.

Más tarde, su padre le había llevado aparte. Durante la conversación había estado callado, tan callado
que a Alexander casi se le había olvidado que estaba
allí.

–Nunca hablas de tus años en la Agencia –dijo
Avery en voz baja–, lo cual me hace sospechar que no
todo fue agradable. Pero debiste de creer en ello, hijo,
porque de otro modo jamás habrías hecho el juramento que te hizo ser parte de ello.

Era cierto. Había creído en ello; en el juramento
que había hecho de servir y respetar a su nación...

Maldición. Una promesa era una promesa.

Se puso de pie antes de acordarse de la morena.
Caramba, la había ignorado totalmente. Ver una sonrisa fija en sus labios le hizo encogerse de vergüenza.

–Lo siento –dijo, y se aclaró la voz–. Yo, esto, he
cambiado de planes. Voy a quedarme en Washington
D.C. Negocios, ya sabes.

–Bueno, llámame –dijo ella con alegría–. Cuando
tengas oportunidad.

Él sonrió, dijo todas las cosas que tenía que decir;

pero sabía que no iba a llamarla, estaba seguro de ello, y ella también lo sabía.

Aparcó en el mismo espacio. Cruzó las mismas puertas de cristal ahumado, el mismo dispositivo de seguridad; subió por el mismo ascensor; pegó el pulgar al mismo teclado y dejó que el mismo dispositivo impersonal le escaneara la pupila.

Minutos después, estaba dentro del despacho del director.

–Vamos a dejar algo muy claro –dijo en tono frío–. Si llevo a cabo esta última misión, no volverá a ponerse en contacto conmigo.

Shaw asintió.

–Trabajo solo.

–Sé que lo preferirías, pero...

–Trabajo solo –repitió Alexander en tono de advertencia– o bien no trabajo.

Shaw apretó los labios, pero no protestó.

–Y tengo carta blanca. Haré lo que haga falta para proteger a este testigo sin interferencias ni suposiciones de ninguna clase por parte de usted o cualquier otra persona.

Shaw asintió de nuevo.

–Hecho.

–Cuénteme lo básico.

–El testigo vive en Nueva York.

–¿Casado? ¿Soltero? ¿Cuántos años tiene?

–Soltera. Unos veintitantos. Es una mujer.

Una mujer. Eso solo complicaría las cosas. Las mujeres eran más difíciles de manejar. Eran emocionales, se dejaban regir por las hormonas...

–¿Y cuál es la relación de la testigo con los Gennaro?

Shaw sonrió con frialdad.

–Era la amante de Tony Gennaro.

No era de extrañar que fuera importante para los federales. Y hostil. Esa señorita en particular sabría muchas cosas, incluido lo cruel que podría ser Tony Gennaro.

El director le pasó a Alexander un pequeño sobre de papel manila.

–Es lo único que tenemos.

Alexander abrió una carpeta y sacó una foto. Gennaro tenía buen gusto para las mujeres. Un gusto excelente.

–Se llama Cara Prescott –dijo Shaw–. Ha vivido con Gennaro hasta hace poco –sonrió con aquel mismo gesto frío–. Trabajaba para él.

Alexander dio la vuelta a la fotografía. Todos los detalles estaban allí anotados. El nombre, la fecha de nacimiento, la última dirección conocida. Color del pelo: castaño. Color de ojos: marrón. Y sin embargo la foto le decía que las palabras no tenían sentido.

El cabello de Cara Prescott era del color de las castañas maduras; sus ojos estaban moteados de dorado, y los labios eran de un tierno rosado.

Tenía un aspecto al que solo se le podía llamar delicado, frágil incluso. Él sabía que solo era eso, una imagen, pero un canalla como Gennaro se sentiría atraído por ese aspecto como las moscas a la miel.

Alzó la vista. Shaw lo observaba con una sonrisa en sus finos labios.

–Una mujer muy bella, ¿no le parece?

–Ha dicho que era la amante de Gennaro –dijo Alexander, ignorando el comentario–. Ahora dice que trabajaba para él. ¿Con cuál de las dos cosas me quedo?

–Con las dos –la sonrisa se ladeó un poco–. Empezó trabajando para él; después Gennaro tomó un interés más personal en ella.

–¿Y ahora va a testificar contra él? –Alexander miró de nuevo la foto–. ¿Por qué?

–Porque es su deber como civil.

–Déjese de bobadas, Shaw. ¿Por qué ha accedido a testificar?

El director se retiró una pelusilla de la solapa de su americana gris marengo.

–Tal vez la idea de ir a la cárcel no le parezca muy atractiva a la señorita.

–La prisión federal no es agradable, pero es mucho más segura que ponerse en contra de la familia Gennaro.

Shaw seguía sonriendo, pero la sonrisa no alcanzaba a sus ojos.

–Tal vez alguien le haya dicho que tal vez no fuera a una prisión federal. Que el estado de Nueva York podría acusarla de traición si no coopera.

–¿Ha cometido traición?

–Cualquier cosa es posible, Alexander. Sin duda eso lo sabes.

Sí. Por supuesto que sí. Lo sabía. Y lo cierto era que no importaba. En el oscuro mundo de la Agencia, el final siempre justificaba los medios.

–¿Qué más?

Por primera vez, el director parecía incómodo.

–Tal vez haya subestimado su hostilidad.

–¿Qué quiere decir?

–Ella no es solo una testigo hostil, es hostil a aceptar la protección del gobierno. Tal vez, bueno, tal vez proteste.

Alexander entrecerró los ojos.

–¿Y si lo hace?

–Si lo hace, su tarea es hacerle cambiar de opinión. De modo que sea. ¿Lo entiende?

Alexander sabía por qué se había implicado a la Agencia en ese asunto. Los federales no harían nada que oliera a subterfugio o, peor aún, a coacción.

La Agencia sí. Él sí. Incluso en el presente, con sus hermanos en su empresa, hacía cosas que a veces rayaban la ilegalidad.

–Bien –dijo Shaw con brío–, pasemos a los detalles. Vas a tomar el vuelo del mediodía a Nueva York. Tendrás un coche a tu nombre esperándote en Hertz, y una reserva en el Marriott el...

–Dile a tu secretaria que no necesito nada de eso.

–No creo que me esté entendiendo, Knight. Esta es nuestra operación.

–No creo que me este usted entendiendo a mí, Shaw –Alexander dio un paso hacia delante, hasta que los hombres estuvieron a tan solo unos centímetros el uno del otro–. Voy a dirigir esto a mi manera. No quiero nada de ustedes ni de esta oficina, al menos hasta que yo lo pida. ¿Lo ha entendido?

Se produjo un largo silencio. Finalmente, el director asintió.

–Sí –dijo con gesto tirante–. Lo he entendido perfectamente.

Por primera vez Alexander sonrió.

–Bien.

Entonces se dio la vuelta y salió del despacho.

Capítulo 2

CUANDO aterrizó en LaGuardia, Alexander había trazado ya un plan.

Antes de hacer nada con el asunto de Cara Prescott, quería saber quién era ella. La monótona jerga burocrática del informe que Shaw le había dado no le daba una buena idea de cómo era la mujer.

Quería ver a la examante de Tony Gennaro con sus propios ojos. Averiguar cómo pasaba el tiempo. Acercarse a ella. Y entonces, solo entonces, decidiría qué hacer después.

Hasta hacía bien poco, la señorita había vivido en el enorme mansión de Gennaro en la costa norte de Long Island.

En ese momento vivía en el Bajo Manhattan, en una de esas barriadas identificadas no por el nombre, sino por un acrónimo que nadie entendía. Shaw le había dicho que los federales la habían encontrado sin ningún esfuerzo y la habían estado vigilando estrechamente. Pero Shaw se había encargado de que se marcharan de allí.

Al menos, eso era lo que le había dicho.

Otra razón para tomarse su tiempo y ver cómo iban la cosas, pensaba Alexander mientras se dirigía al mostrador de la tienda de alquiler de coches. Había dicho que no quería que nadie se metiera en su trabajo, e iba muy en serio.

Cuando estuviera listo, y no antes, se presentaría a Cara Prescott.

«Presentarse» era sin duda una manera agradable de decirlo, pensaba mientras le daba al empleado de la tienda de alquiler de coches su tarjeta. Asumiendo que la señorita fuera tan hostil como había dicho Shaw, no sería una reunión muy civilizada; pero de eso se preocuparía cuando llegara el momento.

Salió de LaGuardia en un insulso monovolumen negro. Paró en un centro comercial y compró una cazadora de cuero negro, una camiseta negra, zapatillas de deporte negras y vaqueros negros. Ya tenía su móvil encima. Entonces fue a la sección de artículos para camping y añadió una bolsa de deporte, una linterna, un termo, unos prismáticos, un telescopio con visión nocturna y una cámara digital extraplana.

Nunca sabía uno cuándo esos artefactos le serían útiles.

Escogió un hotel grande e impersonal, se vistió de negro, metió lo que había comprado en la bolsa de deportes e hizo una llamada.

A la hora, un viejo amigo que no le hacía preguntas le dio una pistola 9mm cargada y con un cargador extra. Se guardó la pistola en la parte de atrás de la cintura y el cargador en el calcetín.

Estaba totalmente listo.

A medianoche, aparcó frente al apartamento de Prescott. Estaba en una calle de Manhattan que gustaba mucho a los agentes inmobiliarios, una zona comercial deseosa de convertirse en un paraíso yuppie.

Ningún neoyorquino que se vanagloriara de ello iba a prestarle atención ni al monovolumen ni a él.

Observó el edificio toda la noche. Nadie entró ni salió. A las cinco de la mañana, puso en marcha su alarma interior para echarse un sueño de media hora. Después de pasar una semana con un tío mayor de su madre, un tipo a quienes los blancos de origen inglés se referían erróneamente como brujo, había aprendido a meterse en lo más profundo de su ser para recuperar el descanso necesario para su cuerpo y su mente.

A las cinco y media se despertó, revitalizado, y apuró el café que le quedaba en el termo.

A las ocho, Cara Prescott bajaba las escaleras.

Llevaba una gabardina larga negra, una gorra que le cubría el pelo y unas gafas de sol enormes a pesar de lo gris de la mañana. Bajo el abrigo asomaban unos vaqueros y unas zapatillas de deporte.

Además del nombre falso en el buzón del portal, C. Smith, y de un número de teléfono que no figuraba en la guía y que le había llevado una hora encontrar, se figuró que ese era su intento de disfrazarse.

Cualquiera empeñado en localizarla se daría cuenta de todo en menos de un minuto. O bien creía que la mejor manera de esconderse era no escondiéndose, o bien creía en la suerte.

Alexander la observó caminar por la calle. Dejó que tomara la delantera y después salió del monovolumen y echó a andar detrás de ella.

Ella hizo una parada en la tienda coreana de alimentación que había en la esquina, y salió con una taza de algo humeante, que él supuso que era café, en una mano y un paquete en la otra. Cuando se dio la vuelta hacia su casa, él se metió en un portal, esperó a que ella pasara y al momento echó a andar detrás de ella de nuevo.

Ella volvió a entrar en su edificio de apartamentos, y él se metió en el coche.

Pasaron varias horas. ¿Qué demonios estaría haciendo allí arriba? Si se pasaba el día encerrada allí, iba a acabar loca.

A las cuatro y media, tuvo la contestación.

Cara Prescott bajó de nuevo con la misma gabardina larga, la gorra y las gafas de sol, aunque ya el cielo estaba muy oscuro. Pero no se le veían los vaqueros, y se había quitado las zapatillas para ponerse unos zapatos negros de tacón bajo. Caminó con dinamismo hacia la esquina, miró hacia ambos lados de la calle, la cruzó y continuó caminando.

Alexander la siguió.

Veinte minutos después, entró en una librería. Un viejo encorvado de pelo canoso la saludó. Ella sonrió, se quitó la gabardina, la gorra y las gafas oscuras...

Alexander se quedó sin aliento.

Iba vestida recatadamente. Llevaba un suéter oscuro y una falda también oscura y nada sexy, además de los prácticos zapatos.

Ya sabía que la chica tenía un rostro angelical. Pero en ese momento vio que tenía el cuerpo de una cortesana. Ni siquiera los colores apagados podían ocultar sus pechos altos y turgentes, su cintura estrecha y sus caderas redondeadas. Tenía las piernas muy largas, y se las imaginó alrededor de su cintura. Su cabello, una masa de bucles castaños de puntas doradas que llevaba recogido a la altura de la nuca, era en sí una pura tentación.

Un hombre desearía abrir ese pasador y hundir las manos en esa masa de rizos mientras levantaba su cara hacia él.

Instantáneamente, el cuerpo de Alexander respondió a sus pensamientos y a lo que veía.

Tal vez Tony Gennaro fuera un asesino, pero el muy canalla tenía un gusto excelente con las mujeres.

El viejo le dijo algo a Cara Prescott. Ella asintió, fue directamente a la caja registradora y la abrió. A Alexander, ese detalle le sorprendió tanto como sus curvas de mujer.

¿La examante de Gennaro trabajaba en una librería?

O bien estaba desesperada por tener un empleo, o

tenía más cerebro del que él pensaba. Su examante no pensaría en buscarla en un lugar como ese.

Alexander miró su reloj. Eran un poco más de las cinco. En la puerta estaban escritos los horarios comerciales de la tienda. Estaba abierta hasta las nueve de la noche. Excelente. Sería más que suficiente para entrar en su apartamento.

En cuanto hiciera eso, tendría más controlada a Cara Prescott. De momento solo sabía que era guapa, lo suficientemente lista como para arreglárselas en una gran ciudad, pero lo bastante tonta, lo bastante ambiciosa, como para haberse metido en la cama de un hombre que ordenaba la muerte de otras personas sin miramientos.

Tenía que saber más cosas si iba a tener que pensar en un modo de conseguir que cooperara con él.

Entrar en su apartamento fue coser y cantar. Pasó una tarjeta de crédito entre la jamba y la cerradura y la puerta se abrió.

Su valoración de las habilidades de Cara Prescott para desenvolverse en la ciudad bajaron un punto, y al segundo volvieron a aumentar cuando sonaron unas campanas sobre su cabeza.

Literalmente.

Había clavado una tira de campanas justo sobre la puerta.

Alexander agarró las campanas, las silenció y esperó. No pasó nada. Evidentemente, quienquiera que ocupara aquel edificio había aprendido la principal regla de supervivencia de Nueva York.

Si se oía un ruido por la noche y ese ruido no era el del golpe que te estaban dando en la cabeza, uno lo ignoraba.

Cerró la puerta con cuidado. Tal vez tuviera más

trampas colocadas por distintos sitios. Esperó de nuevo hasta que los ojos se le acostumbraron a la oscuridad. Entonces sacó su linterna, la encendió e iluminó la zona con el estrecho haz de luz.

El apartamento era una sola habitación enorme, un espacio lleno de sombras. Había una cocina minúscula y un baño a un lado. Lo que hubiera podido esperar de una mujer que dormía con un asesino, querubines, detalles dorados, no lo vio allí.

Los estereotipos no servían para nada.

No había muebles, tan solo una cama estrecha, un arcón, y un par de mesas pequeñas y sillas que podrían haber salido de una rifa benéfica.

Se abrió camino despacio a través del apartamento, abriendo cajones y asomándose con cuidado a los cajones sin revolver. Pero solo encontró las cosas que tenían la mayor parte de las mujeres: suéteres, vaqueros y lencería.

Lencería de encaje. Sujetadores que abrazarían sus pechos como una ofrenda. Braguitas que le subirían por los muslos largos y que quedarían lo suficientemente bajas como para dejar entrever lo que sabía que sería un vello femenino dorado.

Alexander pasó el peso de una pierna a la otra. Tenía una erección tan potente e instantánea que le ceñía la tela de los vaqueros. Hacía tiempo que no estaba con una mujer. ¿Tan desesperado estaba que solo con ver la lencería de aquella, con pensar en cómo le quedaría, era suficiente para ponerle así?

Cualquier hombre que tuviera dinero suficiente podría tener a Cara Prescott. Una mujer tenía derecho a hacer lo que quisiera con su cuerpo, pero si decidía ofrecérselo al mejor postor, no era una mujer que él quisiera en su cama.

Entró en el baño. El lavabo estaba desconchado y manchado; encima había un estante igualmente estropeado que sostenía pequeñas ampollas y botes. Abrió uno al azar y se lo llevó a la nariz. ¿Lilas? No le emocionaban demasiado ni las flores ni el perfume; le gustaba que una mujer oliera a mujer, sobre todo cuando estaba excitada y deseosa de ser poseída; pero aquel perfume no estaba mal.

Entre el baño y la cocina había un pequeño ropero. Lo abrió y pasó la mano por una escasa colección de faldas, suéteres y vestidos de colores apagados. En el fondo del armario había media docena de pares de zapatos colocados ordenadamente: las zapatillas de esa mañana, tacones normales... No vio ningún par de tacón de aguja.

Qué pena.

Las interminables piernas de la señorita estarían más que sexys con unas sandalias de tacón alto. Tacones, uno de esos sujetadores de encaje a juego con unas braguitas y su melena dorada serían suficientes para...

Alexander frunció el ceño y cerró la puerta del armario. Qué ridiculez. ¿Pero a quién le importaba cómo estaría ella medio desnuda? A nadie salvo a su amante, a su examante. Y lo que le hubiera atraído a Tony Gennaro jamás...

Clic.

Alexander se quedó helado.

Alguien acababa de girar la llave en la cerradura de la entrada. Apagó la linterna y miró a su alrededor en busca de un lugar donde esconderse. El armario era el mejor sitio. Era profundo, aunque estrecho como un ataúd. Además, tampoco tenía mucho donde elegir.

Rápidamente, se metió dentro y cerró la puerta, pero no del todo. Sacó suavemente la pistola de la parte de atrás del cinturón y la pegó a su muslo.

La puerta del apartamento se abrió; el tintineo del improvisado sistema de seguridad de Cara Prescott le dijo que tenía compañía. La señora de la casa estaba trabajando. Los federales habían desaparecido. De modo que solo había dos posibilidades. Su invitado era o bien un ladrón con muy poca suerte, o un asesino a sueldo de Tony Gennaro.

Cada vez que Cara abría la puerta pensaba en lo mala que era la cerradura. Le había pedido al encargado del edificio que la cambiara, y él se había rascado la cabeza y le había dicho que sí, que la cambiaría un día. Pero todavía no lo había hecho. De momento, afortunadamente, no le había pasado nada.

Decidió en ese momento que ella misma se ocuparía de ello a la mañana siguiente, sin más demora. Tenía el día libre. Desgraciadamente, ya era muy tarde para llamar a un cerrajero; sobre todo porque sin haberlo previsto, tenía tiempo libre.

Hacía media hora el señor Levine había recibido una llamada. Su hermana estaba enferma, y tenía que ir a New Jersey. Cara se había ofrecido para quedarse en la tienda, pero él le había dicho que no; se lo agradecía pero pensaba que llevaba demasiado poco tiempo en el negocio, y que aún no conocía bien su sistema de alarma.

Cara sonrió con pesar mientras echaba el cerrojo de la puerta por dentro.

Sabía lo suficiente como para saber que el hombre no poseía ningún sistema de seguridad. Claro que no se lo había dicho a él. Había sido bueno y amable con ella, contratándola a pesar de que ella le había reconocido que no había vendido nada en su vida.

Incluso entonces, preocupado por su hermana, se había tomado el tiempo necesario para asegurarle que no le descontaría aquellas horas del sueldo.

—No es culpa suya el que no haya trabajado toda

una tarde entera, señorita Smith –le había dicho el hombre–. No se vaya a preocupar por nada.

Había estado a punto de meter la pata cuando el hombre la había llamado así. Todavía no se había acostumbrado a ser Carol Smith. Con el cabello recogido, sin maquillaje, era una mujer joven, sola en la Gran Manzana.

Lo cierto era que jamás había conocido a nadie llamado Smith. Le daba la sensación de que el señor Levine sospechaba eso. Le había pedido su tarjeta de la seguridad social, que ella había prometido llevarle pero que nunca le había llevado; y él nunca se lo había vuelto a mencionar.

–Tengo una hija más o menos de tu edad –le había dicho cuando la había contratado–. Vive en Inglaterra y me gusta pensar que la gente allí cuidará de ella.

En otras palabras, era un viejo que añoraba a su hija; y ella se estaba aprovechando de ello.

Pero ella no iba a pensar en ello, iba a hacer lo que tenía que hacer para sobrevivir.

Anthony Gennaro quería que volviera con él. El FBI quería que entrara en el programa de protección de testigos. Y lo único que ella deseaba era que su vida volviera a ser normal.

Eso significaba no volver a ver a Gennaro en su vida, además de no testificar contra él. Independientemente de lo que fuera él, a ella no le había hecho ningún daño. Al menos no del daño que importaba.

Y, como le había dicho a los agentes que la habían entrevistado después de salir de su mansión, ella no sabía nada.

«Sí que sabes cosas», le habían dicho. «Solo que no eres consciente de lo que es. Por eso queremos ponerte en el programa de protección de testigos. Podemos darte seguridad mientras te ayudamos a recordar».

Cuando se había negado a cooperar, se habían enfadado con ella. Le habían dicho que Gennaro jamás dejaría de buscarla; y la habían amenazado con enviarla a la cárcel.

Había sido entonces cuando había decidido desaparecer del motel de Long Island donde había pasado las dos últimas noches. ¿Y qué mejor manera de desaparecer que mudarse a Manhattan, donde uno podía perderse?

Se quitó la gabardina, la gorra y las gafas de sol. Después el suéter y la falda. Entonces se desprendió de los zapatos y caminó hasta la otra punta del apartamento, deteniéndose un momento delante del ropero antes de recordar que tenía la bata colgada detrás de la puerta del baño.

El baño era pequeño y mal iluminado. Le salvaba la ducha con mamparas y que el agua salía con fuerza y muy caliente.

Cara encendió la luz, se quitó el pasador del pelo, abrió la puerta de la ducha y el grifo del agua caliente. Mientras dejaba que se calentara un poco el agua, terminó de desvestirse y dejó la ropa con cuidado sobre el...

¿Qué era aquello?

El corazón empezó a latirle con fuerza en el pecho. Algo se estaba moviendo. Lo oía. Era un ruido muy leve. ¿Serían pasos? ¿Tendría razón el FBI? ¿Enviaría Gennaro a sus hombres para que le dieran caza?

Un ratoncito gris salió corriendo de debajo del lavabo y desapareció por debajo de la puerta.

Cara soltó una risilla débil. ¡Un ratón! Se estaba dejando dominar por el miedo.

Pero eso se iba a acabar.

Sin embargo... sentía un frío que le encogía el corazón. Por un instante, había estado segura de que no estaba sola en el apartamento, de que había alguien allí observándola, esperando...

¡Qué ridiculez!

Cara entró en la ducha y cerró la puerta, para seguidamente levantar la cara al chorro caliente. El agua y el vapor ejercerían su mágico efecto para disipar el miedo que se arraigaba en su interior.

No había llegado tan lejos para derrumbarse. La supervivencia era lo único que importaba ya.

Con resolución, tomó un bote de champú del estante de la ducha, vertió un poco en la palma de su mano y empezó a lavarse el pelo.

Capítulo 3

ALEXANDER no quiso respirar hasta que oyó que se cerraba la mampara de la ducha.

¡Dios, qué cerca había estado!

Su plan había sido echarle un vistazo al sitio donde vivía la amante de Tony Gennaro. Desde luego no había sido su intención en absoluto que ella lo descubriera allí y verse obligado a presentarse.

Se acercaría a ella en un lugar público. En la librería. En la tienda de alimentación. Era más lógico y probable que ella no perdiera los nervios en un sitio donde hubiera mucha gente alrededor.

Las mujeres eran así; pasivas de manera innata. Era su debilidad. Había visto a los instructores esforzándose al máximo para tratar de quitarles los buenos modales. Siempre les decían lo mismo, que si no les gustaba el aspecto de alguien debían gritar, alborotar lo más posible. Hacer ruido, mucho ruido.

Las mujeres del programa de formación de agentes secretos habían terminado entendiéndolo. Pero para las mujeres civiles era difícil. Las habían educado para comportarse con urbanidad, y la idea de llamar la atención les resultaba dura. Era una tontería, pero así era.

Y eso sería un punto de ventaja para él.

Cara Prescott no montaría un numero si se acercaba a ella debidamente. Así que se ceñiría a su plan. Después de todo, nada había cambiado. Ella no lo había visto. Él había pensado que lo descubriría cuando se había parado delante del armario; tan cerca, que le había llegado el olor de su perfume.

Definitivamente, un aroma a lilas, suave y femenino.

También su aspecto había sido suave, femenino, e increíblemente sexy; paseándose por el piso como la había imaginado, con su sujetador de encaje y sus braguitas de color crema, acentuado con el dorado de su piel. Tacones de aguja no llevaba, pero de todos modos era excitante.

Lo único que tenía que hacer era salir del armario... Tal y como lo estaba haciendo en ese momento.

Ella había dejado la puerta del baño entornada. Miró hacia la ducha y vio el cristal empañado, traslúcido pero no trasparente, y a través del cristal la silueta de su cuerpo. Vio sus brazos levantados, la curva de sus senos, su cuerpo graciosamente arqueado.

Alexander frunció el ceño, apartó la mirada de la puerta del baño y avanzó sigilosamente hacia la puerta de entrada, donde hizo una pausa. Al menos comprobaría los teléfonos para ver si estaban pinchados. Tenía tiempo suficiente.

Trabajando en silencio, sacó una navaja, aflojó un par de tornillos en la base del primer teléfono y...

¡Maldita sea, un micrófono!

Armó el teléfono de nuevo y pasó al siguiente, donde encontró otro micrófono. Mientras armaba el segundo, oyó un trueno sobre su cabeza, con un rugido tan potente como el de un tren de mercancías.

¿Truenos en noviembre?, pensó mientras miraba hacia el cielo justo cuando un relámpago lo cruzaba. Iluminó un objeto pequeño en una esquina del tragaluz.

Había algo allí arriba que desde luego estaba fuera de lugar. Alexander agarró una silla, la colocó bajo el tragaluz y se subió. No sirvió de nada. Medía más de metro ochenta, pero a pesar de estar subido en al silla no alcanzaba la claraboya.

Se bajó, echó una mirada a su alrededor; vio una escoba y decidió utilizarla. Entonces fue a por ella y se subió otra vez a la silla. ¡Sí! Con unos cuantos golpes el objeto que había visto se soltó y cayó al suelo con estrépito.

El ruido fue como el de una detonación, y Alexander aguantó la respiración, esperando que Cara Prescott saliera apresuradamente del baño. Pero el agua de la ducha seguía corriendo.

Alexander recogió del suelo el objeto.

Era una cámara inalámbrica. Increíblemente pequeña, apenas del tamaño de un botón grande, pero que estaba grabando todo lo que pasaba allí.

¿Incluida su entrada?

De una cosa estaba seguro. Si había una cámara, habría otras.

La mujer a quien se suponía que debía proteger estaba siendo observada. ¿Por los secuaces de Gennaro? ¿Si Gennaro sabía dónde estaba, por qué sencillamente no iba a por ella? Podrían ser los federales, pero Shaw le había prometido que los sacaría de allí.

Daba lo mismo. Quienquiera que estuviera observándola, bien podría haberlo observado también a él durante la última hora.

Y eso le llevó a pensar que tal vez en ese momento estuvieran ya de camino hacia allí.

El trueno resonó de nuevo con violencia. ¿Seguiría la ducha abierta? Se acercó al baño sigilosamente. Las volutas de vapor se escapaban por la parte de arriba de la mampara.

Entró despacio en la habitación, listo para saltar si Cara Prescott escogía ese momento para cerrar el grifo y abrir la puerta de cristal. Se asustaría al verlo. No podía hacer nada para evitar eso, pero desde luego tenía la intención de controlarlo.

Y su miedo sería aún más intenso, teniendo en cuenta que estaba desnuda. Pero eso a él le daría igual. El sexo no entraba en aquel asunto. Ella era un trabajo, eso era todo.

Pero su miedo, unido al elemento sorpresa, sería algo a su favor. Las viejas reglas seguían siendo válidas.

Aspiró hondo un par de veces para calmar los latidos de su corazón y oxigenar su sangre, y con un movimiento rápido y fluido abrió la puerta de la ducha.

Cara Prescott se volvió rápidamente hacia él. Su rostro se crispó de pánico y dio un alarido tan horrible, que podía haberle helado la sangre a cualquier hombre que jamás hubiera inspirado terror.

En cuanto a que su chillido pudiera atraer la atención de los vecinos... no sería así. Las campanas le habían demostrado precisamente eso. Además, estaba también el ruido de la ducha y el de los truenos.

¿Sin embargo, por qué arriesgarse?

Avanzó, plantó un pie en el plato de la ducha y le echó un brazo al cuello; le tapó la boca y la estrechó contra su pecho.

—Présteme atención, señorita Prescott. Haga lo que le diga y... ¡Maldita sea!

Ella le dio un mordisco en la carne tierna que había entre el pulgar y el índice. Él retiró la mano y volvió a taparle la boca y la nariz.

Ella reaccionó instantáneamente, y arqueó el cuerpo bruscamente ante el miedo de poder ahogarse.

—Si vuelve a hacer eso —le advirtió él con un rugido—, me veré obligado a responder. Se lo repito, señorita Prescott. Haga lo que le digo y no le pasará nada.

Ella estaba ya de puntillas, con la cabeza apoyada en su hombro como fea parodia del abrazo de un amante. El agua les caía encima a los dos, y sin embargo ella seguía forcejeando, agarrada a su muñeca, intentando utilizar el aire que le quedara en los pulmones en un desesperado intento de salvar la vida.

Alexander aflojó un poco, dejó que ella tomara aire, y después le cubrió de nuevo la nariz y la boca.

–Escuche, maldita sea –le pegó los labios a la oreja.

Tenía la piel húmeda y fresca; un mechón de cabello que olía a lilas le rozó los labios.

–Compórtese y le retiraré la mano de la nariz. Forcejee y seguiré así hasta que se quede inconsciente. ¿Entendido?

Ella no respondió, pero su forcejeo era cada vez más frenético.

–¿Entendido? –le repitió en tono exigente.

Ella asintió con frenesí.

–Bien. Recuerde. Un ruido, un movimiento en falso, y no le daré una segunda oportunidad.

Le retiró la mano de la nariz, de modo que solo le cubría la boca, pero no le retiró el brazo del cuello. Ella estaba de puntillas, desprovista de equilibrio tanto física como emocionalmente, y así era como él quería que estuviera un rato.

Tomó aire por la nariz haciendo mucho ruido, y todo su cuerpo se estremeció.

–Tranquila –dijo él–. Cálmese y escuche.

Ella se estremeció de nuevo, pero Alexander notó que de todos modos se relajaba un poco. Entonces él soltó un poco el brazo que le rodeaba el cuello para que ella viera que lo que había hecho le complacía.

–Voy a retirarle la mano de la boca. No quiero que grite. Ni siquiera quiero que hable. Haga esto correctamente y todo irá bien. Da igual que chille, que me muerda o que se eche sobre mí, porque de todos modos la voy a parar. Y le prometo, señorita Prescott, que se arrepentirá. ¿Lo entiende?

Ella abrió los ojos como platos; y Alexander supo que finalmente se había dado cuenta de que la estaba llamando por su nombre.

–¿Entendido? –repitió.

Ella asintió bruscamente. Alexander esperó uno segundos. Como él había esperado, en ese momento sonó un trueno. Le retiró la mano de la boca, medio esperando a que ella gritara, pero Cara Prescott no dijo ni pío.

Bien, pensaba mientras le daba la vuelta hacia él. Se recordó que su desnudez le daba ventaja psicológica, mientras que sexualmente no le afectaba en modo alguno.

Sin embargo, solo un eunuco no se habría fijado en que tenía la piel del color de la crema, que sus pechos eran redondos y turgentes, o que sus pezones tenían el rosa que uno podría encontrar en el interior de una caracola del mar.

Y solo un eunuco, o tal vez un santo, no se habría preguntado si esos pechos no tendrían el tacto de la seda entre sus palmas callosas, o si sus pezones no sabrían a miel al lamerlos con su lengua.

Su cara, blanca como una sábana, se sonrojó al notar su escrutinio. Azorada, se cubrió los pechos con un brazo, mientras con el otro se tapó instintivamente la entrepierna, como si quisiera defenderse.

Una defensa inútil si él hubiera decidido forzarla de alguna manera.

No le gustaba que ella le creyera capaz de eso. Era muchas cosas, había hecho muchas cosas en los años en los que había trabajado para la Agencia, pero no era un violador.

Cuando tomaba a una mujer, quería que ella estuviera deseosa de que él la poseyera, de sentir la recia embestida de su cuerpo, las exigentes caricias de sus manos y su boca.

¿Pero a quién le importaba lo que pensara Cara Prescott? Su miedo sería una ventaja para él. Deliberadamente, paseó la mirada por su cuerpo de nuevo. Observar su vientre plano y el vello dorado que ella trataba de ocultar con su brazo era un modo de demostrarle quién mandaba allí.

Y, maldita sea, si se estaba excitando no era por nada personal. El miedo provocaba una subida de adrenalina, una exaltación natural que era más fuerte que cualquier droga.

Si a ello se añadía una bella mujer y un atisbo de sexo, la mezcla era explosiva.

Todo eso lo entendía. Si al menos su cuerpo lo entendiera también.

Tenía una erección casi total, y su sexo se apretaba ya contra la cremallera de su pantalón.

Su reacción lo fastidió sobremanera. No le gustaba perder el control, aunque fueran unos momentos. Que esa mujer, poco más que una ramera, pudiera ejercer tal poder de seducción sobre él lo empeoraba todo.

El pensar en eso fue suficiente para que se le bajara la erección y su cerebro despertara de nuevo.

Junto al lavabo colgaban de un toallero varias toallas. Agarró una y se la pasó a ella.

–Cúbrase –dijo Alexander en mal tono.

Con manos temblorosas, ella se cubrió con la toalla; aunque no le tapaba mucho, ya que parecía que le había dado una de manos en lugar de una grande. Mejor. Era suficiente para que ella se sintiera un poco menos avergonzada, pero no lo bastante para que él no tuviera ventaja psicológica.

Sus pechos turgentes y cubiertos de gotitas de agua asomaban por encima de los finos pliegues de la toalla.

–No soy un ladrón. Y tampoco trabajo para su amante.

Ella no respondió. El olor a agua y jabón, a lilas y a mujer impregnaba el aire húmedo.

—No quiero hacerle daño. ¿Entiende?

Ella no respondió en un rato. Finalmente hizo un gesto de asentimiento con la cabeza.

—Bien —Alexander apretó la mandíbula—. Ahora, salga de la ducha. Y nada de tonterías.

Ella hizo lo que él le pedía, sin apartar los ojos de los suyos. Él trató de hacer lo mismo, pero le resultó imposible. La toalla no solo era demasiado pequeña, sino que ya estaba empapada. Se pegaba a ella como una segunda piel, destacando su cuerpo todavía más. Al diablo con los eunucos y los santos.

Tan solo un hombre muerto no habría vuelto a pasear la mirada por aquellas curvas de infarto.

—Mi nombre —dijo en tono suave— es Alexander Knight.

Vio el movimiento de su garganta al tragar saliva.

—¿Qué... es lo que quiere?

Progresaban. Al menos estaba hablando. Había llegado el momento de hablar también.

—Quiero ayudarla.

Ella emitió un sonido que podría haber sido una risa de no haber estado tan asustada. En realidad, no le extrañaba nada.

—Sé lo de usted y Tony Gennaro.

Ella se puso colorada, pero habló con calma.

—¿Quién?

Alexander torció el gesto. Tenía que decir en favor de aquella señorita que disimulaba muy bien. Estaba prácticamente desnuda y muerta de miedo, pero mantenía el tipo. Eso era bueno; pero no quería que ella creyera que podía ser más lista que él.

—No quiero juegos, Cara. No me gustan.

El uso de su nombre de pila era supuestamente para recordarle que era él quien llevaba las riendas.

Pero no funcionó así. Ella seguía nerviosa, con los ojos brillantes del miedo, pero algo había cambiado.

Empezaba a avanzar hacia la silla. Despacio, casi imperceptiblemente, alzó la barbilla.

–Deme mi pijama.

Él arqueó las cejas.

–¿Cómo?

–Mi pijama. Está sobre el retrete. Démelo.

No estaba rogando, ni siquiera pidiéndoselo. Le estaba ordenando con la intención de reafirmarse en el control.

Eso fue lo que él entendió. Era lo que habría intentado él.

También entendía que no había manera de permitirle que saliera airosa de ello. Que fuera más lista y más dura de lo que parecía solo significaba que tenía que asegurarse de que ella entendía que él era mucho más duro.

Alexander se acercó. Adrede, fijó su mirada en la de ella, le agarró de las nalgas y la estrechó contra su cuerpo. Su erección fue instantánea. Bien, pensaba con frialdad mientras adelantaba una mano y le rozaba un pecho con los nudillos.

El destello de desafío que había visto en su mirada dio paso a un terror desnudo.

–Tal vez no me hayas oído bien, cariño. Te he dicho que nada de juegos –sonrió con frialdad–. O a lo mejor crees que eres lo suficientemente tentadora para salirte con la tuya. Bueno, es cierto que eres tentadora –se acercó un poco más a ella, para que ella pudiera sentir el peso de su erección–. Muy tentadora –su sonrisa se desvaneció–. Pero no me interesa.

Ella lo miró y con su expresión le dijo que era un mentiroso.

–De acuerdo –dijo él en tono suave, casi agradable–. Tienes razón. En otras circunstancias, tal vez sí.

La toalla mojada se pegaba a sus pechos; él rodeó con su mano la carne redondeada y caliente, mientras se decía que debía ignorar la tirantez en su entrepierna.

–Pero estas circunstancias son distintas, y no me interesa comprar lo que le vendiste a Tony.

–Yo no... –le tembló un poco la voz–. Yo no conozco a ningún Tony.

–Sí que lo conoces. Vas a tener que confiar en mí. Si yo trabajara para ese hombre, tú ya estarías muerta... pero solo después de tumbarte y abrirte las piernas.

Su intención había sido que ella se estremeciera, y funcionó. Mejor. Aquel no era el momento de sutilezas. Además, una mujer que se acostaba con un capo de la mafia no era una mujer delicada y sensible.

Él necesitaba que ella fuera obediente. Si sentía cierto pesar de ver cómo temblaba, solo era porque llevaba mucho tiempo fuera de aquella profesión, no porque fuera tan arrebatadoramente bella.

¿Además, qué demonios tenía que ver su belleza con nada? La verdad era que una mujer que sabía utilizar su belleza resultaba increíblemente peligrosa. Uno aprendía eso muy deprisa en el mundo del espionaje.

Alexander agarró su pijama y se lo pasó.

–Vístete –rugió–. Entonces hablaremos.

¿Hablar?

Cara ahogó un gemido desesperado. Un loco entraba en su apartamento, la sacaba de la ducha y miraba su cuerpo desnudo como un lobo hambriento. Le había tocado los pechos, ¿y se suponía que ella tenía que creer que lo que quería era hablar?

Se mordió el labio inferior para no gritar y se puso

los pantalones de pijama, agachándose todo lo posible para que él no viera más de lo que ya había visto.

Los pantalones eran demasiado viejos y grandes. Aunque estaba bien que le quedaran grandes. Al menos se sentía menos vulnerable así. Al menos no estaba desnuda delante de un extraño; le bastaba ya con el miedo que tenía.

Pero era una buena señal que él le hubiera permitido que se vistiera.

–De acuerdo –soltó él–. Si tienes alguna pregunta, date prisa.

¿Si tenía alguna pregunta? Estaba segura de que se iba a echar a reír en cualquier momento... o a desmayarse a los pies de aquel loco.

¿Y cómo era que no tenía pinta de loco? Si lo hubiera visto por la calle, no se habría vuelto a mirarlo. Aunque... bueno, era mentira. Sin duda se habría vuelto a mirarlo.

¿Qué mujer no miraría a un hombre como aquel? Era alto, de más de un metro ochenta, con el pelo negro como el azabache. Tenía los ojos de un verde oscuro, como el de un mar turbulento, los pómulos muy altos y un rostro recio y apuesto.

El cuerpo era maravilloso. Esbelto, y todo músculo.

–¿Te gusta lo que ves, nena?

Ella lo miró a los ojos. Él sonreía, con un gesto de complicidad que la hizo sonrojarse.

–Quiero estar segura de saber cómo es usted –dijo ella con frialdad, a pesar de la fuerza con que le latía el corazón–, para poder darle a la policía una descripción exacta.

–Ah, Cara –dijo él en tono bajo–, eso no es muy inteligente por tu parte.

Su sonrisa le heló la sangre.

–Si estuviera aquí para..., ¿cómo decirlo?, para hacerte daño, tu triste e insignificante amenaza me haría pensarme dos veces lo de dejarte con vida –su sonrisa se desvaneció–. Te he preguntado si tenías alguna pregunta. Si es así, se nos está acabando el tiempo.

Ella tragó con dificultad para tratar de quitarse aquella sequedad de la boca.

–Dijo que no trabajaba para... para este hombre que cree que conozco. ¿Entonces para quién trabaja?

–Para el gobierno.

Ella retrocedió un paso.

–Le dije al FBI que no quería tener nada que ver con...

Apretó los labios, pero era demasiado tarde. Otra de esas sonrisas rebeldes asomó a los labios de Alexander.

–Vaya, vaya, qué interesante –le dijo en tono bajo–. No conoces a Tony Gennaro, pero has estado hablando con el FBI.

¿Qué decía el viejo refrán? ¿Que la mejor ofensa era el ataque? Ignorar lo que él acababa de decirle era un comienzo.

–Si trabaja para el gobierno, déjeme ver una prueba.

–¿Como qué? ¿Una placa? ¿Una tarjeta de identificación? –sonrió con gesto amargo–. Una carta de J. Edgar Hoover?

–Hoover está muerto

–Sí, y tipos como yo lo estaríamos también si lleváramos encima tarjetas de identificación. Vas a tener que creerme. No trabajo para el FBI. Estoy con una agencia gubernamental que no se da a conocer.

–No tiene modo de demostrarme lo que me está diciendo –dijo ella, intentando que no le temblara la voz–. Solo quiere que confíe en usted.

–Eso es.

–¿Confiar, cómo? ¿Qué quiere de mí?

–Como he dicho, estoy aquí para ayudarte. Para protegerte. Para...

Volvió la cabeza hacia la puerta abierta. Su cuerpo, aquel esbelto y musculoso cuerpo, se puso de pronto alerta. Cara pensó en los documentales sobre la naturaleza que había visto, y en cómo un tigre a punto de saltar sobre su presa se convertía de pronto en una estatua.

Se le puso el vello de punta.

–¿Qué?

Él levantó la mano para silenciarla. Despacio, se metió la mano debajo de la camiseta negra que ceñía su torso musculoso como un guante y deslizó la mano hacia la parte de atrás de su cintura. Como por arte de magia, apareció en su mano una pistola de aspecto amenazadora.

Un gemido de terror se abrió paso por la garganta de Cara. Él la apretó de nuevo contra su cuerpo.

–Hay alguien a la puerta –dijo en voz baja.

–¡No le creo! Yo no...

Le volvió la cara hacia la suya, agarrándole del mentón con su mano grande y fuerte.

–Tienes micrófonos por todo el apartamento –le susurró con dureza–. Te estaban vigilando por cámara y, maldita sea, si quieres vivir los minutos siguientes, vas a tener que hacer exactamente lo que yo te diga. ¿Entendido?

Ella lo miró con incredulidad. ¿Por qué iba a hacer nada de lo que le dijera ese hombre? ¿Micrófonos? ¿Y cámaras? Y de pronto decía que había alguien a la puerta. Pero el agua de la ducha seguía corriendo. Lo único que oía era el agua y de vez en cuando algún trueno de la tormenta que se alejaba.

–No le creo –con rabia fue consciente de que le temblaba la voz; pero también de que jamás había tenido tanto miedo en su vida–. Podría ser un maniaco que hubiera entrado a matarme.

Algo brilló en sus ojos. Tal vez rabia, tal vez odio. No logró captar el significado de su mirada, pero no le resultó difícil entender lo que él hizo justo en ese momento.

–Maldición.

Le hundió los dedos en la melena le echó la cabeza hacia atrás y la besó apasionadamente.

Ella forcejeó, gritó y peleó con todas sus fuerzas; pero él no la soltó, no dejó de besarla hasta que, con un leve chillido de ansiedad, o una emoción que se negaba a analizar más en ese momento, cerró los ojos y lo besó también.

Él tomó entonces su boca completamente, invadiéndola con su lengua, llevándose su sabor e incorporándolo al suyo hasta que, finalmente se retiró.

–Ahora –dijo él con dureza– vas a hacer precisamente lo que yo te diga.

Cara fijó sus ojos en los fríos ojos verdes de Alexander Knight. Entonces aspiró hondo y respondió.

–Sí.

Capítulo 4

Sí era la única respuesta posible.

Estaba a merced de un hombre que tal vez fuera un asesino, atrapada en su cuarto de baño sin salida salvo en el caso de que cooperara. Ese beso que acababa de darle... ese beso dejaba claro su dominación y su poder, y ella había respondido como le había exigido la necesidad.

Ese instante en el que la tierra se había movido bajo sus pies era comprensible. Estaba en estado de shock, o lo más parecido a ello.

Lo que decía él de que había alguien a la puerta de entrada era también mentira. Cuanto más lo pensaba, más se convencía de que nadie, ni siquiera él, oiría nada con el ruido de la ducha.

Decirle que había alguien tratando de forzar la cerradura era su ridículo modo de convencerla de que era un buen tipo.

Bien. Y ella la Bella Durmiente.

Cara sabía que necesitaba tiempo si iba a escapar. La única manera de ganar tiempo era seguirle la corriente a Alexander Knight, si acaso ese era su verdadero nombre.

Levantó la cabeza y lo miró a los ojos.

—Sí —repitió—. Haré lo que quiera.

Lo haría... hasta que viera la oportunidad de largarse. Entonces echaría a correr como un demonio.

—Colócate detrás cuando empiece a avanzar —le

dijo él–. Quédate pegada y no hables. Quienquiera que esté al otro lado de la puerta no va a estar mucho rato ahí.

Parecía como si de verdad estuviera convencido. ¿Sería posible? Bien pensado, esa tarde cualquier cosa parecía posible.

Se fijó en la pistola que llevaba en la mano, en la intensidad de sus ojos, y pensó en la intensidad de su beso, y decidió que tal vez no quisiera saber la respuesta.

–Ahora –dijo él con un susurro ronco.

Apagó el interruptor de la pared y todo se quedó a oscuras. La repentina falta de luz, unida al ruido de la ducha, parecía el escenario de una película de terror.

Cara se estremeció. Estaba tan cerca de Alexander Knight que le rozaba el cuerpo.

Para sorpresa suya, él echó el brazo hacia atrás y la agarró de la muñeca.

–Todo irá bien –dijo en voz baja.

Esperaba que fuera verdad.

Accedió al pasillo con ella detrás. Tal vez Alexander Knight fuera el enemigo, pero al menos no era del todo desconocido.

Se movía sin hacer ruido, con la fluidez de una sombra a través de la profunda oscuridad. Se le ocurrió que esa ropa ceñida, toda negra y de aspecto cómodo, era lo que llevaría un hombre que no quiere ser visto. Ni visto ni oído. Eran los pies descalzos de ella los que arrancaban algún que otro leve chirrido del suelo de madera.

Si había alguien a la puerta, lo alertaría con el ruido de sus pasos, sobre todo teniendo en cuenta que el ruido de la ducha era cada vez más distante.

Cara trató de respirar más despacio para acallar el ruido de su respiración agitada; también levantó cada pie con más cuidado. Sus ojos se acostumbraron a la oscuridad, y se dio cuenta de que estaban casi en la puerta, donde vio la silla que había colocado bajo el pomo.

Chas, chas, chas.

Knight se paró en seco, y ella se pegó s él. Sin pensar, se abrazó a su cintura. Él se dio la vuelta, le rozó la mejilla con suavidad, entonces la empujó contra la pared y le puso el dedo en los labios.

Le dijo moviendo los labios que no se moviera. Ella asintió, para que viera que lo había entendido.

Quería decirle que tuviera cuidado.

Bruscamente, él pasó a la acción. Retiró la silla de la puerta, de modo que la puerta se abrió de un golpe, y un hombre se precipitó dentro del vestíbulo. Ella no le vio la cara, solo que era grande y que tenía en la mano una pistola igualmente enorme.

—¿Nos buscaba? —dijo Knight en tono agradable.

Entonces levantó la pistola y golpeó al intruso en la cabeza con un golpe desagradable.

—Rápido —dijo Knight, agarrándole la mano a Cara mientras el hombre caía al suelo.

—¿Pero... y si lo has matado?

—No habrá tanta suerte. Venga. Larguémonos.

Cara miró al extraño inconsciente y al otro extraño que tenía al lado y que quería arrastrarla con él ni sabía adónde. ¿Y si la historia que le había contado fuera al revés? ¿Y si el gobierno hubiera enviado a alguien a protegerla, y ese alguien estuviera en ese momento en el suelo?

—¡Maldita sea, Prescott! Muévete. Lo que sí que sabemos es que tendrá amigos.

Cara dejó de pensar y dejó que él tirara de ella por el pasillo y las interminables escaleras hasta el vestíbulo. Su intruso, el que tenía al lado, el número uno, la empujó sin ceremonia hacia un rincón.

—Espera aquí.

–Pero... pero...

Él la miró de un modo como si fuera a besarla de nuevo. Ella se dijo que estaría preparada esa vez, y que si lo intentaba, lo rechazaría. Se dijo que el corazón solo le latía del nerviosismo de lo que estaba pasando.

Estaba equivocada.

Él inclinó la cabeza, le rozó los labios, y ella, en lugar de pelear, se inclinó hacia él para besarlo también... Y a punto estuvo de acariciarle la mejilla.

Pero él se apartó demasiado rápido de ella como para dejar que eso pasara.

En un instante, él había cruzado la puerta del portal y salido a la calle oscura. Ella oyó un grito ahogado. Un golpe. Entonces volvió y la agarró de la muñeca.

–Date prisa.

–¿Adónde? ¿Había otro hombre?

–Nada de preguntas, ¿recuerdas?

La calle estaba desierta, pero veía el tráfico en la esquina de la intersección. Ese era el momento de escapar...

A los talentos del intruso, tenía que añadirle el de leer el pensamiento. Maldijo entre dientes, la levantó en brazos y corrió hasta el monovolumen; abrió la puerta y la metió dentro.

–Muévete –rugió él.

Y eso fue lo que hizo. Se pegó en la rodilla con la palanca de cambios. Él se metió detrás de ella y metió la llave en el contacto. El motor arrancó y el vehículo se perdió en la noche.

Cara se dijo que debía mantener la calma.

Había desaprovechado la oportunidad de huir, pero habría otras. Además, tal vez el hombre que estaba a su lado no estuviera loco. Tal vez no hubiera ido a matarla. Tal vez trabajara de verdad para alguna agencia del gobierno que quisiera protegerla.

O tal vez todo aquello no fuera más que una pesadilla.

Pero en las pesadillas a uno no le castañeteaban los dientes de ese modo, ni se le quedaban los pies helados como los tenía ella. Y uno no iba a toda velocidad por el túnel Queens Midtown, por donde accedieron a la autopista de Long Island, con un extraño a su lado; un extraño que había forzado la cerradura de su piso, que la había abrazado desnuda y tocado con insolente arrogancia...

Un hombre que la había besado hasta someterla.

Se estremeció. Su raptor la miró con preocupación.

—¿Tienes frío?

—¿Te importaría si lo tuviera? —respondió ella.

Las luces de un coche que venía en sentido contrario le iluminaron la cara un momento. Tenía una cara de ángulos marcados y pómulos altos, y una boca sensual de expresión casi cruel. Esos huesos, esa boca, esos ojos reflexivos le daban un aspecto primitivo, sorprendentemente salvaje.

Salvaje y bello. No podía negarse que era el hombre más bello que había visto en su vida.

Un recuerdo lejano apareció como un flash en su pensamiento, algo susurrado por una vecina que a veces había cuidado de ella cuando era pequeña y su madre se iba a trabajar.

—Cuidado con el diablo —le había dicho la mujer con su deje sureño—. Está entre nosotros disfrazado.

—¿Entonces, cómo lo puedo reconocer? —le había preguntado Cara a sus cinco añitos.

—Por su horrible cara —le había respondido la mujer—. O por su belleza. Cada uno vemos la cara que queremos ver.

Cara se estremeció al recordar la conversación que había ocurrido tantos años atrás.

–Maldición –dijo Knight con impaciencia–. Cuando te haga una pregunta, contéstame directamente –primero se quitó una manga de la cazadora y luego otra, pero sin apartar los ojos de la carretera–. Vamos, ponte esto.

–No lo necesito.

–Si pillas una neumonía –dijo Knight–, no me servirás para nada. Ponte la cazadora.

Al menos no iba a matarla inmediatamente. Cara se sentó hacia delante y metió los brazos en la cazadora. El cuero era suave; olía a noche y a lluvia, a hombre.

A ese hombre.

Sintió que se le atenazaba la garganta al recordar cómo la había arrastrado de la ducha; la fuerza de su cuerpo contra el de ella, la calculada caricia de su pecho...

Se volvió hacia él.

–¿Quién eres?

–Ya te he dicho cómo me llamo.

–¡Ya sabes a lo que me refiero! ¿Quién te ha enviado? ¿Adónde me llevas?

Él la miró y sonrió.

–¿Tantas preguntas? –dijo en tono pausado con un leve deje sureño.

–Y más –ella trató de disimular su miedo–. Pero puedes empezar con esas.

–Ya he dicho que trabajo para una agencia gubernamental de la que nunca has oído hablar. Te voy a llevar adonde pueda mantenerte con vida hasta el juicio de Gennaro.

–No voy a testificar. Ya se lo dije al FBI.

–Discute eso con ellos, no conmigo –miró por el retrovisor y cambió de carril–. Mira, si quisiera hacerte daño, ya te lo habría hecho.

Era una respuesta razonable. Desgraciadamente, desde que Anthony Gennaro había entrado en su vida no le había ocurrido nada razonable. ¿Por qué tenía que empezar a creer en la razón precisamente en ese momento?

–¿Y dónde está ese sitio en el que te parece que puedo estar a salvo?

Tomó una carretera donde había casas y camionetas aparcadas a los lados.

–Pronto lo verás.

No era una respuesta pensada para ofrecer consuelo; o tal vez había visto demasiadas películas sobre lo que ocurría por la noche en carreteras como esa.

–Este no parece un sitio muy seguro.

–Lleva a la entrada trasera del aeropuerto Kennedy.

–¿Y tú crees... ? ¡No pienso montarme en un avión contigo!

–¿En lugar de discutir, qué te parece si miras por la luna trasera y me dices lo que ves?

–¿Por ejemplo?

–Un coche que viene demasiado deprisa. O un coche que viene tras de nosotros y no se despega. Sorpréndenos a los dos.

Entonces se venció hacia un lado, sacó un móvil del bolsillo trasero de sus pantalones y lo abrió. Las conversaciones que llevó a cabo terminaban todas con la misma palabra.

–Gracias.

–¿Gracias por qué? –preguntó Cara.

Él no respondió.

La carretera les llevó hasta un coche de policía que esperaba junto a una cancela cerrada. Un policía de uniforme estaba de pie junto a un coche, cruzado de brazos.

Cara abrió la puerta del monovolumen y casi cayó a sus pies.

–¡Gracias a Dios! ¡Agente, este hombre... !

Cara se quedó boquiabierta al ver que el hombre y su secuestrador se daban la mano.

–¿Esta es la sospechosa? –preguntó el policía.

–No soy la sospechosa. Soy...

–Sí –respondió Alexander–. Tengo que salir de la ciudad lo más rápidamente posible.

–¡Oficial! –gritó Cara–. No soy una sospechosa. Soy su...

–Bueno –dijo Alexander Knight con una sonrisa–. Eso también lo es –añadió mientras le echaba el brazo a la cintura–. Cariño, no digas nada que a este hombre no pueda interesarle, ya sabes a lo que me refiero. Si lo haces, le pondrás en una posición muy difícil.

Ambos hombres se echaron a reír.

–No –suplicó Cara–. Por favor, oficial, tiene que escucharme...

–Cariño –dijo Knight en tono de advertencia.

Y antes de que ella pudiera decir nada más, la abrazó y la besó apasionadamente.

El policía se echó a reír, y Cara emitió un gemido entrecortado. Trató de gritar. Pero se conformó con hincarle los dientes en el brazo a su secuestrador. Él gimió, le metió la mano por debajo de la melena y apretó sus labios contra los suyos.

Ella se dijo con desesperación que debía morderlo en ese momento, morderlo de nuevo como acababa de hacer, pero más fuerte...

Y entonces su labios la besaron con mayor suavidad. Una pausada oleada de debilidad se apoderó de ella. Estaba exhausta, muerta de miedo, y sin embargo su manera de abrazarla le incitaba a dejar caer la cabeza sobre su hombro y dejarle que hiciera lo que quisiera...

–Eso es –susurró él–. Deja de luchar contra mí. Será mucho mejor.

Pensó en el hombre que habían dejado tirado en el suelo de su apartamento, en la pistola que Alexander llevaba en el cinturón...

Y supo que lo que él le decía era una promesa y no una amenaza.

El coche de la policía los condujo hasta un pequeño y elegante jet privado, que como un ave predadora se posaba sobre la pista. Los dos hombres se dieron la mano de nuevo, y al momento ella estaba de nuevo en brazos de su raptor.

La llevó hasta el avión, le hizo una señal con el pulgar al piloto para que esperaba y la depositó sobre un asiento de cuero en el interior del aparato.

—Abróchate el cinturón —le dijo con brusquedad.

Ella no se movió. Él torció el gesto y fue a abrocharle el cinturón.

—¿Recuerdas lo que te he dicho? Tienes que hacer lo que te diga, y nos llevaremos bien.

Un sollozo de desesperación y rabia le subió por la garganta. Sin pensar, Cara le dio un bofetón.

Él echó la cabeza hacia atrás. Por un momento, Cara pensó que él se lo devolvería, pero lo cierto era que no le importaba. Estaba cansada de que la tratara como si solo existiera para hacer lo que él le dijera.

Se inclinó un poco hacia ella y le agarró el mentón con su mano grande.

—¿Quieres jugar, nena? —le susurró en tono ronco—. Bien. Podremos jugar a muchas cosas cuando lleguemos al sitio adonde vamos.

—Tengo derecho a saber adónde me llevas.

—No tienes ningún derecho si yo no te digo que lo tienes —esbozó una sonrisa brillante, pero no le iluminó los ojos—. Pero te lo diré de todos modos. Vamos a ir a una casa que tengo yo. No estoy seguro de que tenga un nivel tan elegante como el de tu apartamento... pero no tienes elección

—Todavía no me has dicho dónde está.

Él se puso de pie.

—En Florida.

¿Qué era aquello? ¿Una broma pesada? Florida estaba a más de mil quinientos kilómetros... Cara sintió otra oleada de pánico.

—¿Por qué?

—Porque es un lugar seguro.

—¡No puedes hacer esto!

Él sonrió con frialdad.

—¿De verdad que no?

—Tienes que rellenar un plan de vuelo —dijo ella con desesperación—. Hay normas. Restricciones de seguridad.

Alexander arqueó una ceja. Era rápida, al menos eso tenía que reconocerlo. Aunque tenía miedo, le había dado una buena respuesta. Buena para cualquiera menos para él.

—Tienes razón —dijo él con calma—. Están todas esas cosas. Pero solo son circunstanciales.

Se pasó la punta rosada de su lengua por el labio inferior. Estaba seguro de que ella estaba a punto de presentarle una estrategia nueva.

—Señor Knight —dijo con una calma que le impresionó.

—Llámame Alexander —le pidió él—. Vamos a pasar mucho tiempo juntos. Es mejor dejar las formalidades.

—Dices que te han enviado para protegerme. Bueno pues, acabas de hacerlo. Esos dos hombres... —hizo una pausa—. Te has ocupado de ellos.

—¿Y?

—La amenaza ha pasado.

—¿De verdad?

—Has hecho tu trabajo, así que no tenemos por qué seguir con... lo que hayas planeado.

Él se tomó su tiempo para contestar. Sabía muy bien que ella no se creía que fuera uno de los buenos. Y la verdad era que no le extrañaba. Después de todo lo que había hecho esa noche, acababa de decirle que se la llevaba a más de mil kilómetros del lugar que ella consideraba su hogar, en pijama y con una cazadora prestada como todo abrigo.

Pensó en el momento en el baño, cuando le había acariciado los pechos; en las curvas de su cuerpo. Era, sin lugar a dudas, una mujer muy bella.

La mujer de Anthony Gennaro. Un mafioso que se la había llevado a la cama cuando le había apetecido.

Pero ahora Gennaro trataba de eliminarla.

¿Cómo era posible que ella no quisiera darse cuenta de eso? No era tonta; de eso estaba seguro. ¿Habrían tenido una pelea Gennaro y ella? ¿O tal vez todavía esperaba que él quisiera volver con ella?

–¿Alexander?

Él levantó la vista.

–Por favor –dijo en tono suave–. Razona un poco. Ahora estoy a salvo. ¿Me quieres llevar de nuevo a la ciudad?

Le temblaba la voz y tenía los ojos brillantes, como si fuera a llorar.

Pero él apretó los labios. Estaba perdiendo el tiempo. Protegerla era un trabajo que no había pedido, pero que había aceptado. Que le cayera bien o que lo odiara no le importaba.

–No –soltó él sin más.

Ella se recostó en el asiento.

–¿Por qué no? –gimió, a punto de perder el control–. ¿Maldita sea, quién te paga para hacer esto? ¿Cuánto te van a pagar? Yo doblaré esa cantidad. ¿Cuánto quieres?

–Sí –respondió él en tono frío–. Ya he visto por el sitio donde vives que estás forrada –hizo una mueca de asco–. ¿O acaso me estás ofreciendo lo que le vendiste a Tony Gennaro?

–¡Asqueroso! Eres un tipo canalla y cruel.

Él se inclinó sobre ella y la besó con ímpetu, ignorando sus forcejeos y empujones; y la besó hasta que acabó pasando lo que había pasado antes, hasta que sus quejidos de protesta dieron paso a gemidos de deseo.

Ella abrió su boca, y él aprovechó para saborearla apasionadamente antes de retirarse.

–Compórtate y todo saldrá bien. Pónmelo difícil, y te arrepentirás.

–Te mataré –le susurró ella–. ¿Me has oído? ¡Tócame otra vez y te mataré!

Alexander se quitó el cinturón, se lo enrolló en una muñeca y lo ancló en uno de los brazos del asiento; con el cinturón del otro asiento hizo lo mismo con la otra muñeca.

–Si te portas bien, cuando hayamos ganado un poco de altitud tal vez te suelte y te deje hacer pis, beber un poco de agua y lo que necesites durante las cuatro horas siguientes. ¿Lo has entendido?

Ella levantó la cabeza. Lo miró a los ojos y le escupió en la cara.

Su expresión no varió.

–Necesitas aprender modales, señorita Prescott –le dijo con tranquilidad.

Entonces se acercó de nuevo a ella y la besó hasta arrancarle un leve gemido, aquel gemido que él tanto deseaba oír. Acto seguido, se dirigió a la cabina y ocupó el asiento del copiloto.

Los motores del avión empezaron a girar y el aparato comenzó a moverse hacia delante.

Momentos después, las luces de la ciudad de Nueva York se alejaban a sus pies.

Capítulo 5

LE había dicho que la desataría en cuanto ganaran un poco de altitud; pero había pasado una hora y su secuestrador no aparecía.

Cara apretó los dientes y tiró de las muñecas atadas con los cinturones. Tiró con fuerza, con rabia.

¿Cómo podía haberle pasado eso a ella? Cuando todo había ido mal, después de enterarse de toda la verdad sobre Anthony Gennaro y después de que el FBI empezara a darle la lata, había huido, sí, pero había tenido muchísimo cuidado.

No le había contado a nadie ni adónde iba ni lo que hacía.

Cara se volvió a mirar por la ventanilla para fijar la vista en la negrura tras el cristal. Sintió que la rabia daba paso a la angustia, y no podía permitir que le pasara eso. Llorar no serviría de nada. Tenía que enfrentarse a la realidad.

Parecía que alguien había estado observándola, escuchándola y siguiéndola todo el tiempo.

Solo de pensar en que alguien había violado de ese modo su intimidad sentía náuseas.

Y luego llegaba aquel tipo y la raptaba; un hombre que le producía un miedo horrible.

Su voz le recordaba a la grava, a la seda; su sonrisa parecía conocer todos los secretos... Pero no era así. No había razón para que él lo supiera todo.

Lo que más temía de él era cómo la tocaba, como

si fuera de su propiedad; como si poniéndole las manos encima pudiera controlarla.

Empezó a pensar en cómo la había sacado de la ducha, en cómo la había mirado, en su mano rozándole el pecho con deliberación y en la sensación de su cuerpo pegado al de ella.

Cara ahogó un gemido.

Entendía lo que él hacía, y era establecer su superioridad. Lo que no entendía era la reacción hacia él; su respuesta a las caricias, a las miradas o al roce de los labios de aquel extraño.

Él representaba todo de lo que ella quería alejarse: un hombre frío y duro, un hombre que solo obedecía a sus propias reglas.

Y sin embargo...

Tal vez sí lo entendiera. Estaba emocionalmente agotada. Físicamente exhausta. Todas esas semanas de vivir una pesadilla empezaban a pasar factura. Era vulnerable, ese hombre lo sabía, y lo utilizaba para ganar ventaja.

Tenía que permanecer fuerte, alerta; tenía que dar con los puntos débiles de su raptor, entenderlos y buscar el mejor momento para huir.

Pero primero, pensaba mientras finalmente el cansancio la reclamaba, primero cerraría los ojos aunque solo fuera un rato...

Estaba dormida.

Bien, pensaba Alexander. Así le daría menos problemas.

Antes de volver a la cabina, se fijó en ella: estaba pálida y tenía ojeras. Había sido una noche dura, con una sorpresa tras otra, y todo ello sin duda la había dejado agotada.

Como le había atado las muñecas a los brazos del

asiento con los cinturones contiguos, no podía moverse ni acomodarse en aquel asiento de lujo en el que incluso podría llegar a tumbarse. ¿Pero qué le importaba si se pasaba las cuatro horas siguientes encogida en el asiento?

En ese momento pegó con la frente en el cristal de la ventanilla; hizo una mueca y murmuró algo ininteligible antes de ponerse de nuevo derecha. Pero él sabía que era una cuestión de tiempo antes de que volviera a caérsele la cabeza hacia un lado.

Con un suspiro exasperado, Alexander se sentó a su lado y le soltó las muñecas; entonces apretó un botón y le sujetó el cuello con cuidado mientras bajaba el respaldo.

Al reclinar el asiento ella, que seguía dormida, recostó la cabeza en su hombro, acariciándole la mejilla con sus sedosos rizos castaños. Otro suspiro le calentó el cuello.

Se quedó quieto. Cerró los ojos y aspiró la suave fragancia de la mujer que tenía entre sus brazos. Entonces, muy cuidadosamente, la tumbó en el asiento.

Cara se puso de lado y encogió las piernas.

Él frunció el ceño mientras se fijaba en que estaba descalza. Seguramente se le habrían quedado fríos los pies, y aunque siguiera con su cazadora puesta podría sentir frío. Él desde luego lo tenía.

La observó un par de minutos más. Entonces se puso de pie, bajó la intensidad de la luz y buscó en los compartimentos hasta encontrar una manta que le echó por encima.

Tenía que haber otra manta... No la había.

Se echó a su lado y la abrazó. Ella se acopló con diligencia entre sus brazos, apoyó la cabeza en su hombro y se pegó a él como si llevaran años durmiendo juntos.

Alexander tragó saliva con dificultad. Miró al te-

cho. Se dijo que estaba bien, porque así ella continua-
ría durmiendo.

Dios, qué calor salía de ella. Y era suave, muy suave. Caliente y suave.

–Mmm –suspiró Cara mientras le plantaba la mano
en el corazón.

Alexander los tapó a los dos con la manta y cerró
los ojos para dormir veinte minutos. Era lo único que
necesitaba.

Se despertó porque alguien lo estaba atacando; alguien le estaba dando puñetazos en el pecho y en los
hombros.

Cara intentaba pegarle. Se habría reído de no haber
sido porque le estaba dando algunos puñetazos bien
dados; así que la agarró de las muñecas, rodó sobre
ella y la inmovilizó.

–¡Basta!

–¡Sinvergüenza! ¡Pensaste que podrías aprovechar-
te de mí!

–Me quedé dormido –dijo, pensando en que la
siesta de veinte minutos se había alargado–. Y tú también. No hay más.

–Yo no estaba durmiendo. Estaba echando una ca-
bezada.

–Me da lo mismo. Estabas dormida, la cabeza se te
caía para los lados todo el tiempo y te estabas quedan-
do helada. Cometí el monumental error de desatarte,
recostar el asiento y taparte con la manta. Si quieres
hacer una montaña de un grano de arena, adelante.

Ella seguía tratando de quitárselo de encima; pero
su cuerpo ya estaba reaccionando a los movimientos
de cadera de Cara.

–Basta –rugió él–. O no me haré responsable de las
consecuencias.

Se pegó a ella, para asegurarse de que ella le entendía. Cara se ruborizó y se quedó muy quieta.

—¡Quítate de en medio!

Se apartó de ella, se puso de pie y se pasó las manos por el cabello como si no hubiera pasado nada.

¡Dios, cómo lo despreciaba!, pensaba Cara.

—Tengo que hacer pis —dijo ella en tono seco mientras se incorporaba.

Aunque en realidad no se había sentido así cuando se había despertado entre sus brazos. Durante unos momentos nada más, se había quedado muy quieta, envuelta en el calor de su cuerpo, arropada por su fuerza...

Cara sintió el pausado latido en sus entrañas y se puso rápidamente de pie.

—He dicho...

—Ya te he oído —respondió él—. El lavabo está en la cola. Deja la puerta abierta.

—¿Cómo?

Él la miró a los ojos.

—La puerta se queda abierta.

—De eso nada.

—Elige tú, nena. ¿Quieres ir al retrete o no?

Dios, era tan arrogante, tan engreído. Quería darle un golpe, pero sabía que él no se lo permitiría una segunda vez. En lugar de eso, se conformó echándole lo que esperaba fuera una mirada de desprecio total.

—Sé lo que estás haciendo —dijo Cara.

—¿De verdad?

Su acento pausado le ponía de los nervios.

—Quieres intimidarme diciéndome que no tengo intimidad, o atándome a la silla... No son más que tonterías.

Él arqueó las cejas.

—¿Tanto se me nota?

Se estaba riendo de ella, maldita sea. Eso le ponía más nerviosa.

–Sí –soltó ella–. Mucho.

–En ese caso no hay problema con dejar la puerta abierta. Mientras los dos sepamos la razón, ¿por qué ponernos en contra?

Alexander fue a agarrarla del brazo, pero ella lo retiró. Entonces él levantó las manos y la dejó pasar. Le gustó lo que vio. Los pantalones le quedaban grandes, pero tenía mucha imaginación y aún más memoria. Era fácil recordar las dulces curvas de su trasero y lo suave que tenía allí la piel.

Desde el principio sabía que Cara Prescott era una mujer impresionante. En ese momento tenía que reconocer que además era interesante.

Pero Alexander dejó de sonreír. No solo era preciosa, valiente e inteligente. También le había calentado la cama a Tony Gennaro.

Bueno, estaban en un país libre. Una mujer podía acostarse con quien quisiera, él no era de esos que pensaban que los hombres tenían más libertad sexual que las mujeres. Y, básicamente, su trato con ella era estrictamente profesional. Lo que había hecho, los besos, las caricias, habían sido para mantenerla alerta.

Y en esa profesión uno aprendía a trabajar con lo que tenía. Y lo que tenía en ese caso era una mujer capaz de excitar a un hombre con una mirada; aunque fuera en pijama, sin maquillar y tan inocente como una hermana pequeña.

Por alguna extraña razón, eso le inquietaba. El que su aspecto fuera el de alguien que no era, le inquietaba hasta el extremo de ponerle la mano en el hombro cuando iba hacia el lavabo.

–¿Qué pasa ahora? –preguntó ella.

–Voy a cachearte, cariño.

–¿Cómo...? –se puso muy colorada–. ¡No me vas a cachear!

Él sonrió.

–¿Quieres apostar?

Sus pupilas se dilataron, casi ocultando el color avellana, verde y dorado de sus iris.

–Pero tú sabes que no oculto nada. Tú... tú me has visto...

–Desnuda –terminó de decir él con voz ronca–. Sí, así es. Pero eso fue hace horas. Desde entonces, ha podido pasar cualquier cosa.

No era mentira, aunque tampoco fuera precisamente la verdad. Había conocido a prisioneros a los que al cachearlos se les había encontrado cosas en los sitios más insospechados.

Pero ella no era una prisionera. No de verdad. ¿Y dónde había podido encontrar un arma desde que había salido de la ducha?

Pero había que cumplir las normas; que tal vez fueran lo único que le mantenían a uno vivo.

Le dio la vuelta para que de nuevo estuviera de frente a la mampara, le agarró de las muñecas y se las colocó por encima de la cabeza.

–Separa los pies, nena.

Pero las reglas no tenían nada que ver con el tacto de su piel al meterle la mano por debajo de la camiseta y pasársela por las costillas. Subió la mano más, alrededor de un pecho y después el otro, y le pasó el pulgar sobre los duros pezones.

Repentinamente su respiración se volvió entrecortada, y suspiró suavemente antes de emitir un leve gemido involuntario que hizo que Alexander se estremeciera y se excitara de inmediato.

–Nada –dijo con una voz que no le parecía la suya.

Pero no era cierto. Sí que había algo allí: el tacto de sus pechos, la reacción instantánea de sus pezones y aquel gemido tan leve...

Deslizó la mano hacia abajo. Le extendió la palma por el vientre; sobre su vientre suave y firme. Y bajó la mano un poco más, hasta colocarla entre sus muslos. Entonces percibió su respiración agitada.

Alexander gimió, mientras el sudor se resbalaba por su frente. Aquello lo estaba matando.

Y lo único que tenía que hacer para aliviar aquella tensión era bajarle las braguitas, bajarse la cremallera, echarle un brazo a la cintura y hundirse entre sus piernas para moverse dentro de ella y sentir su calor satinado acariciando su miembro erecto.

El avión se movió un poco y al momento pareció tomar altura de nuevo.

Cara se cayó hacia atrás. Él cerró los ojos y apretó los dientes, deleitándose un momento con la suavidad de su cuerpo sobre su pene hinchado.

¿Pero qué demonios le estaba pasando? ¿Acaso había perdido la cabeza?

—De acuerdo —dijo con brusquedad—. Estás limpia.

Pasó delante de ella y abrió la puerta del servicio. Pero ella no se movió. No hizo nada. Entonces se volvió hacia él, estaba muy pálida y tenía los ojos muy abiertos.

—¿Cómo eres capaz de soportar lo que haces? —dijo con un débil susurro.

Era una frase inteligente. Y tal vez se hubiera encogido de vergüenza de no haber sido por su leve gemido. De no haber sentido el temblor de su cuerpo al tocarla.

¿Sería posible que una mujer fingiera hasta tal punto? Se la imaginó en los brazos de Tony Gennaro, y se dijo que sin duda la respuesta era afirmativa.

—Dijiste que tenías que pasar al servicio —dijo bruscamente—. Te sugiero que lo hagas.

A ella le temblaron un poco los labios. Sí, era muy buena. Buenísima. Y el intentar cerrarle la puerta corredera en la cara fue también un toque muy dramático.

—Lo siento, nena. ¿Te acuerdas de lo que te he dicho? La puerta se queda abierta —esbozó una sonrisa insolente—. Seré todo un caballero. No apartaré los ojos del techo.

—¡No sabrías ser un caballero ni aunque tu vida dependiera de ello! —respondió ella mientras entornaba la puerta todo lo posible.

A los cinco minutos salió. Debía de haberse lavado la cara con ahínco, porque le brillaba como una manzana. Tenía el pelo húmedo, y Alexander pensó que sin duda se habría peinado con los dedos para tratar de domar un poco la melena.

—¿Mejor? —dijo él en tono cortés.

Ella le dirigió una mirada más venenosa que cuando había entrado en el baño.

—Eres despreciable —le dijo con frialdad—. ¿Lo sabías?

—Algunas personas me lo han dicho, sí.

Pasó a su lado. Alexander esperó a que se sentara para abrocharle de nuevo el cinturón. Entonces le ató las muñecas otra vez.

—Esto es para demostrar lo duro y fuerte que eres, ¿no?

Otra frase inteligente. Pero lo que no sabía ella era que él había sido instruido por expertos mucho mejores que ella a la hora de hacer que uno se sintiera culpable.

—Estás bajo mi custodia. Es por tu propio bien.

—Estoy segura de que eso es lo que dicen todos los torturadores —añadió ella en tono seco—. Haga lo que tenga intención de hacer, señor Knight. Pero no me diga por qué lo hace.

—Será un placer —respondió el de mala gana mientras terminaba de sujetarle las muñecas.

—En diez minutos tomamos tierra.

Cara levantó la cabeza y se sorprendió al ver a

Alexander Knight allí de pie junto a ella. ¿Cómo era posible que ese hombre se moviera con tanto sigilo?

—¿Hambre?

—No —le dijo ella en tono frío—. No tengo hambre.

—Bien —sonrió sin humor—. Porque se me olvidó pedir catering.

—Qué gracioso es, señor Knight.

—Alexander —otra de sus gélidas sonrisas—. Deberíamos dejar las formalidades ya, señorita Prescott. ¿No te parece?

—Las formalidades me parecen lo mejor... ¿Qué está haciendo?

—Ya te he dicho que vamos a aterrizar enseguida. Te estoy desatando.

El avión había perdido altitud, pero aunque la negrura de la noche había dado paso al tono plomizo que precedía al alba, no había luz suficiente aún para ver nada de lo que había debajo. Deseaba desesperadamente saber si iban al campo, o a una ciudad.

Él se sentó en el asiento a su lado.

—La casa está a unos minutos de la pista de aterrizaje.

Ella no quería preguntarle nada más para no darle la satisfacción. Pero de todos modos lo hizo.

—¿Qué casa?

—Mi casa —él bostezó.

—¿Vives en Florida?

¿Pero por qué no cerraba la boca de una vez?

—Vivo en Dallas. Compré esta casa hará unos meses. Y todavía no he pasado mucho tiempo aquí.

En realidad no había pasado nada de tiempo allí, salvo un par de fines de semana. Había visto la isla cuando había estado allí en viaje de negocios, le había gustado y la había comprado como una inversión, tal vez para tener un sitio donde pasar los fines de semana, pero no había pensado nada más.

–¿Ese es el aeropuerto?

Alexander se inclinó hacia la ventana. Las luces iluminaban el asfalto que se extendía hacia el horizonte delante de ellos.

–Mi aeropuerto. Sí.

Ella se volvió hacia él.

–¿Tu aeropuerto?

–Es una isla privada. Se llama Isla de Palmas.

Cara lo miró sorprendida. Entonces volvió la cabeza y pegó la frente a la ventanilla con interés.

Las ruedas del avión tocaron la pista. Cuando el avión había completado el recorrido de la misma, se detuvo. Alexander se puso de pie.

–Vayámonos.

Cara se levantó despacio. Él vio el miedo en sus ojos. Bien. Muy bien. Cuanto menos confiara en él y en ese lugar, mejor.

–¿Ir adónde?

–Te lo he dicho. Soy el dueño de esta isla. Isla de Palmas, se llama.

–Dijiste que había una casa.

–Y la hay.

Él la agarró del brazo, pero ella lo retiró bruscamente. Apretó la mandíbula y volvió a agarrarla, esa vez del codo y con firmeza.

–No me des la lata, nena. Te arrepentirás si lo haces.

Se abrió la puerta del aparato. Cara pestañeó al ver el destello repentino de unos faros, y vio a un hombre esperándolos al pie de la escalerilla. Era más bajo y mayor que su raptor, pero tenía la misma dureza que él.

–Alexander –dijo el otro, como si ella fuera invisible–. Me alegra verte.

–John. Siento haberte hecho levantar a una hora tan intempestiva.

–No hay problema. Todo está listo, como pediste.

Todo estaba listo... Cara sintió que se le subía el corazón a la garganta. ¿Cómo era posible que una frase tan sencilla sonara tan funesta?

Desesperada, se soltó de Alexander, bajó corriendo por la escalerilla y se tiró al hombre llamado John.

Horas después, cuando ya no importaba, se dio cuenta de que no se había soltado ella; que simplemente Alexander la había dejado ir porque sabía lo inútiles que serían sus intentos.

–¡Ayúdeme! ¡Por favor, ayúdeme! –agarró al tal John del brazo–. ¡Este hombre me ha raptado!

Alexander iba detrás de ella, y al momento la agarró con sus brazos fuertes y masculinos que la apretaban como si fueran de acero.

–John me debe la vida –le dijo con tranquilidad–. Nada de lo que digas le afectará en modo alguno.

–Te mataré –jadeó Cara–. Maldito seas, te mataré...

Alexander la levantó en brazos, agachó la cabeza y volvió a besarla, hasta que finalmente saboreó la dulzura de su rendición.

–Esta es mi isla. Todo lo que hay aquí me pertenece, Cara. Todo –dijo en tono ronco–. Incluida tú.

Capítulo 6

MPEZÓ a llover cuando el todoterreno corría por la carretera asfaltada que bordeaba la costa. Alexander sintió que Cara temblaba entre sus brazos.

Una mujer que había jugado con un jefazo de la mafia, que le había dicho a su gobierno que no quería su ayuda, tenía lógicamente que estar muy asustada. Él estaba haciendo todo lo que estaba en su mano para cuidar de ella; si le tenía miedo, era problema de Cara.

Salvo que... Salvo que el corazón le latía con demasiada fuerza. De mala gana, trató de ponerse en su lugar y de contemplar los acontecimientos de la noche anterior con sus ojos: la entrada en su apartamento, la manera de presentarse y cómo la había sacado de la ducha. Pero había sido necesario hacerlo así; de haberse tomado el tiempo necesario para explicarse, tal vez en ese momento estuvieran los dos muertos.

Una de las cosas que uno aprendía en situaciones donde primaba la supervivencia, era que había veces en que uno tenía que hacer lo que fuera necesario, y preocuparse de las consecuencias después. Basándose en eso había hecho muchas cosas en su vida que inmediatamente después había echado al olvido.

El todoterreno pasó por encima de un bache y automáticamente abrazó a Cara con fuerza.

Ella estaba llorando. Muy bajito, pero la oía. Le metió la mano por la camiseta. Ella se puso tensa, pero él empezó a acariciarle la espalda, a murmurarle palabras dulces hasta que notó que se relajaba un poco sobre él.

Se dijo que eso le complacía solo porque si ella cedía todo sería más fácil, que no tenía nada que ver con lo que sentía al acariciarla.

Cuando llegaron a la casa, John detuvo el vehículo. Fue a salir, pero Alexander le rogó que no se molestara.

–Nos las apañaremos –dijo él.

–¿Te he dicho que no hay electricidad?

Alexander se echó a reír.

–¿Algo más? Supongo que el generador que pedí no ha llegado aún.

–No. He dejado velas en las habitaciones y unos sándwiches en la cocina.

–Gracias. Vete ya. Vuelve a casa antes de que empeore el tiempo.

Alexander salió del todoterreno con Cara en brazos. El coche se alejó y los dejó solos en la oscuridad.

–Puedo andar.

Él la miró, y en sus ojos vio el desafío que había visto en otros momentos, pero todavía le temblaba la voz. Estaba muerta de miedo y trataba por todos los medios de no mostrarlo.

–Estás descalza.

–Estamos en Florida. La gente va descalza todo el rato.

Alexander estuvo a punto de sonreír al oír aquel toque de valentía.

–Bien. Sube las escaleras y espérame mientras abro la puerta. Y por cierto, ni se te ocurra.

Ella se volvió a mirarlo.

–¿El qué? –dijo con cautela.

–Aunque encontraras la cabaña de John, él te devolvería aquí conmigo –Alexander sacó un manojo de

llaves de su bolsillo, seleccionó una llave y la introdu-
jo en la cerradura–. Además, seguramente acabarías
cayéndote a la ciénaga antes de dar con esta casa. En
la isla hay algunos impresionantes ejemplares de cai-
mán. ¿Te lo había mencionado antes?

Estaba mintiendo. ¿O no? Tenía que estar mintiendo. Sin embargo, Cara se miró los pies descalzos
mientras se decía que todo era muy difícil.

–Adelante –le dijo él al abrir la puerta.

La casa no solo estaba oscura; estaba todo negro.
Dio un paso hacia delante, pensó en los caimanes y se
paró en seco. Alexander la empujó para que diera otro
paso.

–En casa entran a veces culebras, no caimanes.

Otra mentira. Porque si no era mentira, no sería capaz de dar un paso más.

Se oyó un sonido como si rascaran algo, y al momento se encendió una vela. Cara miró al suelo y vio
que era de madera pálida, y también los colores brillantes de una alfombra.

Nada de serpientes.

–No hay serpientes –dijo ella–. Y estoy segura de
que tampoco hay caimanes –lo miró con ojos entrece-
rrados–. ¿Qué más? ¿Me vas a hablar del hombre del
saco?

Él pasó a su lado, valiéndose de la vela para encender un candelabro.

–Las fantasías no me van –dijo en tono seco–. Algunas de las cosas que componen mi vida ya tienen
bastante componente fantástico. ¿Tienes hambre?

Estaba muerta de hambre.

–No.

–¿Sed?

Estaba seca.

–No.

–Qué lástima. Supongo que entonces tendrás que

aguantarte y ver cómo me como esos sándwiches que ha mencionado John.

Le rugió el estómago. Si tenía que ver cómo comía, acabaría mareándose.

—Has dicho que te ibas directamente a la cama.

Él la miró y una sonrisa pausada asomó a sus labios. Cara se puso colorada.

—Solo quería decir... quería decir... —Cara tragó la poca saliva que le quedaba—. Me gustaría lavarme.

—Buena idea. Date una ducha primero, te pones ropa limpia y seca, y después podremos cenar.

—No quiero cenar.

—Sí. Ya te he oído —le puso la mano en la cintura—. Vamos.

—¿Adónde?

—Arriba.

—¿Para qué?

Alexander entrecerró los ojos. Se preguntaba por qué había sentido lástima por ella en el todoterreno.

—De acuerdo —la agarró por los hombros y le dio la vuelta hacia él—, vamos a dejar algo muy claro. Estoy muy cansado y tengo el estómago vacío. Me siento sucio y sudoroso, y me duele la cabeza —le apretó un poco los hombros—. Lo que menos me apetece es tener que tratar con una niña quejica de diez años. Si te digo una cosa, te callas y lo haces.

—Solo he pedido...

—¡Ah, por amor de Dios! —la levantó en brazos con rabia y subió al primer piso, ignorando sus gritos de protesta.

La puerta que quedaba enfrente estaba a medio abrir; Alexander terminó de abrirla con el codo, entró y dejó a Cara en el suelo. Momentos después, una llama amarilla disipaba la oscuridad.

—Haz algo útil —rugió él—. Toma unas cerillas y enciende esas velas.

–¿Estás seguro de que confías en mí? –le dijo Cara con dulzura–. Si dices que solo tengo diez años...

–¡Enciende las malditas velas!

Lo hizo, no por él, sino por ella misma. Quería ver cómo era su prisión. Aunque se dijo que llamarlo así era un poco exagerado. Era una habitación enorme con chimenea y una cama con dosel.

–¿Satisfecha con el dormitorio?

Cara se dio la vuelta. Alexander se había acercado a ella, tan sigiloso como un felino.

–No hagas eso –le dijo ella en tono irritable.

–¿Preguntarte si te gusta?

–No te acerques a mí así. No me gusta.

–¿Alguna otra queja?

En sus ojos había un brillo peligroso, pero Cara estaba demasiado cansada como para importarle.

–Sí. Quiero saber por qué me has traído aquí.

–Te lo he dicho. Es un lugar seguro.

–Nueva York era un sitio seguro.

–Bueno, claro, si quitas la cámara, los dispositivos de escucha... ah, y no nos olvidemos del matón que forzó la cerradura de tu apartamento, ni del que estaba esperando en la calle. Entonces sí, es muy seguro.

Tal vez tuviera razón, pero en el fondo no tenía razón para confiar en él. Que ella supiera, lo de la cámara era un invento. Al igual que los micrófonos. Y los supuestos «matones» podrían haber sido enviados a su apartamento para protegerla.

Y todo eso se lo dijo.

Alexander entrecerró los ojos.

–¿Crees que lo de la cámara y los micros era mentira?

–Creo que fue tremendamente conveniente que tú encontraras esos dispositivos en el preciso momento en que el que te venía bien que yo creyera que eras sir Galahad.

Él se echó a reír.

–Cariño, tienes una mente muy imaginativa. ¿Y qué pasa con ese par de tipejos? ¿O crees que eran dos boy scouts que alguien había enviado para protegerte?

Ella sabía que él tenía razón. En realidad no creía que hubiera montado aquella farsa, y tampoco creía que los hombres que él había derribado hubieran ido a protegerla.

A nadie le interesaba protegerla. Todos querían algo de ella, algo que no podía dar. Todo ellos, incluido aquel hombre.

–Esos tipos querían hacerte daño, nena. ¿Maldita sea, por qué darle más vueltas al asunto? Seguramente tendrían en mente asesinarte.

–¿Y tú no? –dijo en tono quedo.

Él apretó la mandíbula. Pensó en abrazarla, en decirle que no sintiera miedo, que él la protegería...

Se dio cuenta que, después de llevar cinco minutos allí, ella había conseguido que sintiera lástima por ella. Y de ahí a hacer una tontería solo había un paso.

Y eso no iba a ocurrir.

Estiró el brazo, sin dejar de mirarla, y cerró la puerta.

–Espera un momento –dijo ella–. Alexander...

–Ahora soy Alexander, ¿no? Bien. Excelente. En realidad, teniendo en cuenta que es hora de desvestirse...

El miedo en sus ojos brilló más, más real.

–¿Cómo?

–¿Qué problema tienes? ¿Es que no entiendes nuestro idioma? –añadió en tono duro–. He dicho que te desvistas.

–Todo eso que has dicho de protegerme... –su voz se fue apagando–. ¿Protegerme de qué? ¿O de quién? Estando aquí los dos solos, me doy cuenta de lo que significa tu protección.

–Tienes una imaginación calenturienta –Alexander se quitó las botas–. Necesitamos asearnos. Solo me interesa ahorrar agua.

A ella le entraron ganas de echarse a reír. ¿Cuántos tipos habrían utilizado esa frase para tratar de conseguir que una mujer compartiera su ducha? De algún modo, habría esperado otra cosa de él.

–No hay luz, ¿recuerdas? No sé ni cuándo va a volver. El tanque del agua es grande pero la temperatura del agua va bajando progresivamente a medida que corre el agua.

–¡No pienso quitarme la ropa!

Se adelantó un poco. Alexander estiró la mano y la agarró del mentón para inmovilizarla.

–Sí –le dijo con frialdad–. Te vas a desnudar. Estoy cansado. Tengo la ropa sucia y sudorosa. Quiero darme una ducha caliente, ponerme ropa limpia y cenar antes de meterme en la cama; no quiero más tonterías.

Ella buscó desesperada el modo de ganar tiempo.

–Nadie nos ve. Primero estaba el policía, luego el piloto y después tu amigo John. ¿Qué sentido tiene fingir en una casa vacía?

–¿Es eso lo que crees que estoy haciendo?

Él la miró a los ojos. De algún modo, ella consiguió no apartarse cuando él le puso la mano entre los pechos. No reaccionó, aunque percibió en el roce de su mano la potencia de su cuerpo.

–Te late muy deprisa el corazón.

–No te preocupes por eso –dijo ella.

–Ah, pero tú eres responsabilidad mía. Tengo que mantenerte a salvo, recuerdas.

Se mascaba la tensión en el ambiente; una tensión más intensa que las nubes tormentosas que avanzaban sobre el océano, más intensa que el latido acelerado de su corazón.

–Quieres que crea que trabajas para el Gobierno. Pues no me lo creo.

–¿Entonces, qué me quieres decir, cariño? –sonrió–. ¿Que te desvestirías para un federal, pero no para mí?

Cara se retiró de encima la mano de Alexander y retrocedió dos pasos.

–Me daría lo mismo si fueras Elvis. Tal vez sea tu prisionera, pero no soy tu esclava.

Él arqueó las cejas. Paseó la mirada despacio por la habitación, como si el sitio fuera tan nuevo para él como para ella.

–Debes de sentir una decepción enorme habiendo terminado en un lugar como este después de haber esperado los barrotes de una especie de cárcel.

Su sarcasmo la hizo estremecerse, pero si cedía un poco él se aprovecharía.

–«Los barrotes de hierro no hacen una prisión...» – le dijo ella en tono frío.

–Es «muros de piedra». «Los muros de piedra no hacen una prisión, ni los barrotes una jaula» –sonrió sin humor–. Tienes que decirlo bien si de verdad quieres impresionar.

Sabía que se había quedado boquiabierta. No pudo evitarlo. ¿Alexander Knight, citando a un poeta poco conocido del siglo XVII?

–Desagradable, ¿verdad?

Su tono de voz era bajo, su sonrisa peligrosa y muy viril. Cara se dijo que no debía ceder terreno.

–¿Qué es desagradable?

–Que lo cataloguen a uno.

–No sé a lo que te refieres.

Él se acercó, la agarró del suéter y tiró de ella hacia delante; ella se tropezó y terminó a pocos centímetros de su fuerte cuerpo.

Así de cerca, percibió que en sus ojos verdes había

motas doradas; que tenía el mentón cubierto ya por una leve pelusilla. Pensó que le gustaría pasarle la mano y sentir la barba áspera; áspera y deliciosamente sexy en contacto con sus manos...

—Me has tachado como alguien a quien una dama como tú no quiere ver ni en pintura.

—Eso no es...

Aguantó la respiración mientras él le apoyaba las manos en sus hombros.

—Sí. Es cierto. Y es sorprendente, porque tú no eres una dama. Eres propiedad de Tony. Una princesa de la mafia que mira con desprecio al hombre que han enviado para protegerla.

—No sabes nada de mí —le tembló la voz—. Y no creo que te hayan enviado para protegerme.

—¿No hemos hablado ya de este tema? Te he dicho muchas veces que no estoy aquí para hacerte daño.

—Pero has hecho ese tipo de cosas —le dijo Cara sin apartar la vista de él—. Le has hecho daño a la gente.

Algo varió en él de pronto. Ella se lo notó, lo sintió, como una presencia impalpable en la habitación. El silencio se prolongó entre ellos, como un profundo abismo que Cara no era capaz de cruzar, y supo, sin mirarle a la cara, que había cometido un tremendo error.

—Alexander —dijo ella—. Alexander, no ha sido mi intención...

—¿Es eso lo que quieres? —dijo él en voz baja—. ¿Sexo duro con un hombre como yo?

—¡No! —retrocedió medio cayéndose—. No quería decir...

—Sí. Ese es el mensaje que has querido transmitir. Solo que yo era demasiado tonto como para pillarlo.

—Estás equivocado. Yo no...

—Quítate la ropa —se llevó las manos al cinturón—. Ya es hora, Cara. Lo sabes tan bien como yo.

¡Dios mío, no era posible que le estuviera pasando algo así!

—Por favor... No quiero...

—Claro que sí.

Se desabrochó el cinturón y se llevó las manos al botón sobre la cremallera. Ella bajó la vista y se quedó boquiabierta al ver el bulto bajo la tela vaquera.

—Esto está aquí desde que nos vimos la primera vez —torció la boca—. Y estoy harto de esperar.

Fue a tocarla, pero ella le dio una patada, seguida de un puñetazo. Sin embargo, él era demasiado grande, demasiado fuerte, y tenía demasiada rabia.

Ella no pudo detenerlo.

Él le aplastó los labios con los suyos, le deslizó las manos por debajo de la sudadera, agachó la cabeza y empezó a succionarle un pezón tirante y erguido.

Y solo eso le hizo experimentar una sensación muy intensa, caliente e inesperada. Empezó a gemir, le cedieron las rodillas; y fue entonces cuando la levantó en brazos y la llevó a la cama.

Volvió a lamerle el pecho en cuanto la tumbó en la cama, torturándola con los labios, con la lengua y los dientes. Cara se arqueó hacia él, desprovista totalmente del sentido, inmersa tan solo en el deseo ardiente que le corría por las venas.

—Sí —rugió él—. Sí. Así, así... Sí, así...

Le bajó los pantalones, la levantó y avanzó hacia ella, apretando con su miembro erecto el sitio entre sus muslos que rogaba ser poseído.

Poseído por él...

Solo de pensarlo a ella se le cortó la respiración. Abrió los ojos rápidamente, y sobre ella vio un rostro apuesto, excitante; el rostro de un extraño.

—No —susurró ella—. ¡No! —gritó, frenética ya porque sabía de su fuerza, de su tamaño—. ¡Quítate de encima de mí! —continuó dándole puñetazos.

Por un instante eterno, él no se movió. Estaban tumbados encima de la cama, él sobre ella, inmovilizándola. Y ella se dijo que si quería haría lo que quisiera con ella.

Podría y nadie se lo impediría.

¿Y si lo hacía qué? ¿Qué pasaría si le atara las manos a los postes de la cama y la poseía? ¿Y si no le quedaba otro remedio que rendirse ante él? Rendirse a su pasión y, cómo dudarlo, también a la de ella.

El corazón le latía muy deprisa. Se derretía por dentro. Tal vez se le notara en los ojos, porque de repente él se retiró.

—En mi vida he hecho muchas cosas de las que no estoy orgulloso, señorita Prescott —dijo en un tono muy duro—. Pero violar no es una de ellas, ni siquiera cuando es para complacer a una mujer que prefiere que la fuercen a reconocer que quiere hacer el amor.

Cara se levantó de la cama y le dio una bofetada en la cara. Él le agarró la muñeca y se la retorció a la espalda lo suficiente como para hacerla gritar.

—Es la segunda vez —dijo en tono suave—. Estás jugando con fuego, Cara. No lo hagas. A no ser que quieras quemarte.

Cara sabía que era mejor no contestar. Pasados unos segundos, él se puso de pie.

—En el baño encontrarás todo lo necesario —tenía los ojos pétreos—. Toallas, champú, cepillo de dientes, un albornoz. Es mío —dijo mostrando los dientes con una sonrisa de lobo—. Pero lo cierto es que no esperaba una invitada.

Salió y cerró la puerta de un golpe. Cara se estremeció y se dejó caer en la cama.

La tormenta estaba sobre la isla, y el viento, los truenos y la lluvia no cesaban de caer con primitiva furia.

De pequeña le habían dado mucho miedo las tormentas. Solo tenía recuerdos vagos de aquellos días de su infancia, y de su padre. Cómo había entrado en su habitación para sentarse en la cama y tranquilizarla.

Con su acento italiano, le había dicho: «*Cara, mia figlia*... Debes aprender a ser valiente. Nada podrá hacerte daño si tú no lo permites...»

En realidad nunca le había creído. Apenas lo había visto. Y eso le había dolido. Su madre había fallecido. Eso también le había dolido. Y entonces, una mañana, había levantado la cabeza de su mesa de escritorio en la biblioteca y había visto a un hombre mirándola. Él le había dicho: «Me llamo Anthony Gennaro».

Y así de rápido su vida había cambiado; se había convertido en una compleja serie de situaciones distintas. El blanco era negro, y el negro blanco. Con velocidad deslumbrante, los buenos eran de pronto los malos.

¿Quién era Alexander? ¿Era bueno... o era malo?

¿Y cómo era posible que quisiera hacer el amor con un hombre como él? Porque él no se equivocaba, no se había equivocado al decirlo. Al menos consigo misma podía ser sincera.

Quería acostarse con él. Quería sentir su cuerpo aplastándola. Quería sentirlo dentro de ella; y quería gritar cuando él la tomara.

Y la terrible verdad era que no le importaba quién fuera él, o si era de los buenos o de los malos. Era tan apuesto, tan viril...

Desearlo era suficiente.

Jamás había sentido nada igual en su vida. Le temblaban las rodillas cuando la miraba con sus ojos verdes, oscuros y ardientes de deseo. Cuando él la besaba, se quedaba sin aliento. Y no podía negar que se sentía a salvo cuando él la abrazaba, aunque eso fuera una locura.

Además, ella no se acostaba con el primero que aparecía. Había habido un hombre. Solo uno hasta esa noche, y no iba a permitir que eso variara, no iba a ceder por una... por una morbosa fantasía.

No lo haría, no lo haría.

La puerta de la habitación se abrió de repente. Al hacerlo, un relámpago iluminó a Alexander, que estaba a la puerta.

—Cara —dijo en tono ronco.

Al oír su voz, al ver al bello depredador animado no por la rabia sino por el deseo, supo que estaba perdida.

—Alexander —suspiró ella.

Sus miradas se encontraron, y ella echó a correr hacia él. Alexander la acogió entre sus brazos, le agarró la cara con las dos manos y empezó a besarla sin parar mientras la empujaba contra la pared.

—Dime lo que quieres —rugió él.

—A ti —dijo ella—. A ti, a ti...

Él gimió, la besó de nuevo y ella abrió la boca para dar paso a su lengua curiosa. Mordisqueó la carne suave de su labio inferior, le mordisqueó en el cuello, y ella gimió y se restregó contra él, deseándolo, deseando aquello más de lo que había deseado nada en su vida.

Metió la mano entre los dos, la colocó sobre su erección y sintió cómo se tensaba bajo la tela vaquera.

Él le dijo algo urgente, en voz baja, le dijo lo que le iba a hacer con toda brusquedad, con palabras que le hicieron levantar la cara para recibir otro beso ardiente y apasionado.

Entonces se bajó la cremallera de los pantalones, le bajó los pantalones del chándal, la levantó en brazos y se hundió en ella.

Sus gritos de placer, las contracciones casi instantáneas de sus músculos que se contraían alrededor de su miembro estuvieron a punto de destruir su control. El sudor perlaba su piel, mientras la sujetaba contra la pared; y sin dejar de embestirla metió la mano entre sus cuerpos y empezó a acariciarla hasta que ella gimió su nombre sin cesar y alcanzó el orgasmo entre sus brazos.

Entonces, solo entonces, Alexander se dejó llevar. Alcanzó el orgasmo en un largo torrente de éxtasis; echó la cabeza hacia atrás y abrió la boca con placer. Entonces se vació dentro de ella hasta que la lógica le dijo que no le quedaba ni una sola gota más.

Pero qué le importaba la lógica.

–Cara –susurró.

La sujetó y la llevó hasta la cama sin apartarse de ella; todavía su miembro duro la penetraba.

Todavía la deseaba.

Capítulo 7

L A habitación estaba en silencio salvo por los leves gemidos de Cara mientras Alexander le hacía el amor.

Salía de ella despacio, tan despacio que temblaba. Ella fue a abrazarlo, pero él le tomó las manos y la besó en las palmas; entonces la besó en la boca y le dijo que tenían todo el tiempo del mundo.

Tenían todo el tiempo posible para explorar, para saborear su boca de miel. Su piel. Y su cuello justo en el punto en el que se juntaban con el hombro; eso la hacía estremecerse, ronronear como una gata, y él lo repitió, la mordisqueó con suavidad para después calmar el leve dolor con su lengua.

Y mientras tanto, le agarraba los pechos con las manos y le pasaba los pulgares por los pezones. Él gimió ante la rápida respuesta de ella por el leve tormento, y finalmente bajó la boca para saborear su dulzura. Para saborear sus pezones, pálidos y rosados, deseosos de sentir el calor de su boca.

Dios, qué pechos tan bonitos tenía.

Le encantaba su tacto sedoso. O cómo cabían perfectamente en sus manos. O el modo en que ella arqueaba la espalda cuando él le succionaba los pezones con deseo.

Y qué ruidos hacía.

Eran lo bastante provocativos como para conseguir llevarlo al límite; pero no pensaba permitir que eso ocurriera otra vez. En esa ocasión quería aguantar un poco más. Besarla y saborearla por todas partes. Entonces, solo entonces, se arrodillaría entre sus muslos para poseerla de nuevo.

Lentamente, se deslizó por su cuerpo, y la besó y chupó, aspirando su aroma limpio y acariciando su vientre con las manos y la lengua mientras ella se retorcía de excitación.

–Alexander...

Su susurro fue tan sentido, tan inocente y tan dulce, que él se estremeció de placer.

–Sí, cariño –respondió él en el mismo tono mientras deslizaba los dedos por el vello dorado que escondía su corazón femenino.

Entonces la tocó.

Un grito salvaje que parecía nacer de lo más profundo de su ser estalló en su garganta. Él la miró a la cara y vio el shock, el placer que le abría los ojos como platos, y algo fiero y primitivo le corrió por la sangre.

–¿Te gusta esto? –dijo con emoción.

–Oh, Dios –susurró ella–. Alexander, Alexander...

Él le separó el sexo con los dedos y vio lo bella que era, los pétalos de sus labios, la baya rosada de su clítoris.

La agarró del trasero, la levantó hacia él y la acarició con su lengua. Su grito rompió el silencio de la habitación, y le hundió las manos en el cabello.

Tenía un sabor exquisito del que él se empapó, y cuando alcanzó el orgasmo en su boca, él pensó que le estallaría el corazón de placer.

Levantó la cabeza, deseoso de ver su cara en ese momento, de ver sus ojos, así de oscuros, y su cabello revuelto sobre las almohadas. Al ver su piel sofocada y húmeda, deseó más de ella, mucho más...

Ella fue hacia él.

–Alexander –le tembló la voz–. Ven a mí. Quiero sentirte dentro.

Él se volvió para abrir el cajón de la mesilla, rezando para que hubiera tenido la precaución de guardar algún preservativo aunque nunca había estado allí con una mujer hasta ese día.

Sí. Afortunadamente encontró los pequeños paquetes. Abrió uno y se lo puso, y decidió no pensar en que la primera vez no había utilizado nada.

La besó ardientemente, le dijo que era muy bella y empezó a penetrarla con la lentitud que la fiebre que sentía le permitía. Quería que aquel momento durara para siempre, el calor de ella rodeándolo, la suavidad de su cuerpo, o los gritillos que ella emitía al tiempo que la penetraba.

Cuando estuvo bien dentro de ella, empezó a moverse. Lo hizo despacio, y cada movimiento era más de lo que podía soportar.

Sentía los latidos de su corazón y los de ella; las contracciones de su cuerpo mientras se elevaba hacia sus embestidas. El mundo se resquebrajaba a su alrededor. No podía pensar. Solo existía aquello...

Cara gimió y se agarró a él con fuerza.

–No puedo –dijo ella–. No puedo...

–No tengas miedo –susurró él–. Estoy aquí. Estoy aquí contigo. No te dejaré caer.

Sintió que ocurría. Las pulsaciones de su vientre. Y al gemir él se dejó llevar y voló con ella al universo iluminado de estrellas.

Cara se despertó.

Estaba en una cama, en una habitación, donde había un balcón abierto por donde entraba la brisa del mar y le acariciaba la piel. La piel desnuda.

En su mente se sucedió una confusión de pensamientos, empezando por lo que había empezado en su apartamento y lo que había terminado allí mismo, en esa habitación...

En esa cama.

Se sentó en la cama. ¿Dónde estaba él? ¿Dónde estaba el extraño que le había hecho el amor? Miró a su alrededor y vio que estaba sola. Pero su alivio no duraría mucho. No estaba allí, pero sabía que tendría que enfrentarse a él. ¿Y cómo iba a conseguirlo?

Estaban en el siglo XXI, y las mujeres se acostaban con hombres a los que acababan de conocer. Pero ella no. Jamás lo había hecho. Atendiendo a su madre enferma, trabajando cuando salía del colegio desde los catorce años, y después trabajando también durante sus años de facultad no había tenido mucho tiempo para salir con chicos.

Había hecho el amor dos veces en toda su vida, y siempre con el mismo hombre. Él era el director de la biblioteca de la universidad donde había trabajado después de licenciarse. Era un tipo agradable, bueno y de modales suaves.

La primera vez había sido extraño. Se había desvestido a un lado de la cama y él al otro, y se habían metido bajo la colcha con las luces apagadas. Tras un par de besos y un par de caricias, había ocurrido el acontecimiento principal.

Había sido una terrible decepción.

Volviendo la vista atrás se preguntaba si lo habrían intentado de nuevo porque necesitaban demostrar que el sexo podía ser mejor que eso.

Pero el segundo intento había sido penoso. Peor que el primero. Y no sabía quién había estado más avergonzado, si él o ella.

Cara cerró los ojos con vergüenza mientras recordaba todo lo que habían hecho la noche anterior. ¡Habían hecho el amor contra la pared! Ni siquiera había sabido que eso se pudiera hacer, ni otras cosas, como que un hombre pudiera ponerle la boca en...

Pero no había sido cualquier hombre. Había sido Alexander, su moreno y peligroso raptor.

Cara cerró los ojos.

Tal vez eso fuera lo peor, que ni siquiera lo conocía. No sabía nada de él, ni dónde vivía, ni de dónde era. Ni lo que hacía aparte de entrar forzando la cerradura en las casas de la gente para raptarla.

Lo único que sabía era que era un amante increíble. Exigente, y sin embargo con entrega. Potente y gentil. Le había enseñado cosas de su propio cuerpo...

Solo de pensar en esas cosas sintió calor en el vientre. Jamás había soñado que el sexo pudiera ser así. Que uno pudiera hacerse añicos como el cristal en los brazos de su amante.

Salvo que Alexander no era su amante.

Era un extraño peligroso, y la tenía presa en una isla.

Y en ese momento tenía que enfrentarse a él.

Cara se sentó en la cama y retiró la colcha. Cuanto antes terminara con eso, mejor.

Había vuelto la luz. De modo que Cara se dio una ducha de agua caliente. Alexander debía de haberse dado ya una, porque el espejo estaba un poco empañado y el jabón húmedo.

Se enjabonó de arriba abajo, limpiándose el olor a sexo y a Alexander.

Él le había dejado en el lavabo un cepillo de dientes nuevo. Eso no le sorprendió.

Un hombre que hacía el amor con tanta pericia y habilidad tendría cepillos nuevos a mano para todas las mujeres que pasaban por su vida; del mismo modo que tenía los preservativos en el cajón de la mesilla.

Trató de no pensar en la primera vez que lo habían hecho, porque no habían utilizado preservativo. ¿Cómo era posible que no hubiera pensado en tener cuidado? La respuesta, por supuesto, era que en ese momento ella no había estado pensando en absoluto.

No vio su ropa. En su lugar vio un par de vaqueros cortos y una camiseta. Ambas cosas eran de Alexander, a juzgar por la talla. Tuvo que sujetarse los pantalones cortos con un imperdible que encontró en el tocador, y la camiseta le llegaba por debajo de las rodillas.

Pensó en quitarse los pantalones hasta que recordó que no llevaba braguitas. Su imaginación le hizo preguntarse cómo sería ir así, solo con la camiseta y sabiendo que debajo estaba desnuda.

Alexander no lo sabría, si ella no se lo decía; no lo sabría si ella no se rozaba con él un par de veces, o se agachaba para recoger algo del suelo...

En un segundo sintió una suavidad, una tensión en su sexo que le decía que estaba lista para la acción. Para Alexander. Para sentirlo muy dentro de ella.

Cara frunció el ceño, aspiró hondo y bajó las escaleras.

La casa era preciosa, grande y antigua. En los techos altos había ventiladores, y coloridas alfombras de seda sobre los suelos de parqué. Los muebles escandinavos, cuyo estilo moderno era en parte opuesto al de las alfombras antiguas y otros elementos, concordaban sin embargo a la perfección con todo lo demás.

Sin embargo en las habitaciones parecía faltar algo, tal vez un toque personal. Parecía como si nadie viviera allí.

—Aquí no vive nadie.

Cara se dio la vuelta y vio a Alexander en el vano rematado con arco del salón. Llevaba también pantalones cortos vaqueros y sandalias, además de una descolorida camiseta de los Dallas Cowboys con las mangas cortadas.

Le costó sonreír, pero consiguió esbozar una tímida sonrisa.

—¿Lo he dicho en voz alta...?

—Pues sí, y tenías razón. Aquí no vive nadie.

Ella asintió, contenta de que por lo menos estuvieran hablando con cierta normalidad.

—Ah —dijo ella alegremente—. Supongo que anoche no te entendí bien.

Él sonrió un poco.

—Bueno, creo que anoche me entendiste a la perfección.

Su tono de voz destilaba sexo puro. Cara sintió el calor en la cara.

—Quería decir —dijo con cautela— que pensaba que habías dicho que esta era tu casa.

—Eso fue lo que dije. La compré hace unos meses y la amueblé —sonrió de nuevo—. Bueno, contraté a un decorador para que lo hiciera. El mismo que me decoró el apartamento en Dallas. De momento, solo he venido un par de fines de semana.

Cara pensó en lo que le estaba diciendo. ¿Entonces, no solo tenía esa casa, sino que también tenía un apartamento en Dallas?

—¿Cara?

—¿Sí?

—¿Qué más quieres saber de mí?

Ella lo miró a la cara. No sonreía ya, sino que la miraba con una intensidad que podría haberle traspasado hasta los huesos.

—No sé lo que quieres decir.

—Pues claro que lo sabes —respondió él en tono

suave–. Anoche te acostaste conmigo, y esta mañana te has despertado pensando que fue un error.

Le estaba diciendo exactamente lo que ella había estado a punto de decir. Salvo que no había sido un error. Dormir con él había sido... había sido increíble.

¿Acaso para él no?

–Y lo peor de todo es que te has dado cuenta de que no sabes nada de mí.

Cara asintió, viendo que era lo menos peligroso.

–Bueno –continuó él en tono ronco–. Tienes razón. No me conoces. Yo tampoco te conozco a ti, o tal vez debería decir que lo que sabemos el uno del otro no es muy halagüeño –hizo una pausa–. Seguramente pensarás que soy un tipo frío, un canalla a quien no le importa tratar a las mujeres como a perros. Y yo lo único que sé de ti es que tu gusto con los hombres no es muy bueno que digamos.

¡Dios, era insufrible aquel hombre! Tan arrogante, tan... ¿Cómo había podido ser lo suficientemente tonta como para meterse en la cama con él?

–Tienes razón –dijo ella en tono sereno– en cuanto al mal gusto que tengo para los hombres; de otro modo no me habría metido en la cama contigo anoche.

Él cruzó la habitación tan deprisa, que ella no tuvo tiempo de apartarse.

–¡No me estás escuchando, maldita sea! –la agarró por los hombros, la zarandeó y la levantó hasta ponerla de puntillas–. Te estoy tratando de decir que es verdad, que no sabemos nada el uno del otro.

–Y yo te he dicho que tenías razón.

–No me has dejado terminar –aspiró hondo–. Tal vez, solo tal vez, lo que pensamos ahora no es cierto.

¿Acaso Alexander pensaba que todo mejoraría con sus juegos de palabras?

–Lo que yo sé de ti sí es verdad. Eres lo que acabas de decir que eres, un tipo frío, un canalla...

Él la silenció pegando sus labios a los suyos y agarrándole la cabeza al mismo tiempo para poder hacerlo. Ella trató de mover la cara a un lado o al otro, pero
él le agarraba la cabeza con fuerza, y se negó a dejarla
escapar.

–Canalla... –dijo ella en sus labios–. Sinvergüen...

–Cállate y bésame –le susurró él.

Cara le echó los brazos al cuello y lo besó con toda
la pasión que durante tanto tiempo llevaba prisionera
en su corazón.

Alexander la levantó en brazos y la llevó a la cocina, donde la sentó en un taburete.

–¿Sabes lo que va a pasar ahora? –le dijo en voz
baja después de volverla a besar.

Ella esbozó una sonrisa pícara.

–Todavía no. Primero tenemos que comer, o desa-
yunar o lo que sea. Ninguno de los dos hemos comido
en años.

Cara se echó a reír, y eso le gustó. Era la primera
vez que la oía reírse, y le gustó.

–¿Sabes cocinar?

–Pues claro que sé cocinar. Soy soltero, ¿recuerdas? ¿Cómo crees que sobrevivo?

–Con un congelador lleno de platos precocinados.

–Bueno, a veces sí. Y también como fuera –abrió
el frigorífico y echó un vistazo–. Y de sobras, gracias
a una cuñada que cree que me moriría de hambre de
no ser por su ayuda.

–¿Tienes hermanos?

–Sí –se volvió con una docena de huevos en la
mano y medio kilo de bacon en la otra–. Dos. No pongas esa cara, querida. Soy tan humano como los demás.

Cara se sonrojó.

–No quería decir...

–Sí. Sí que lo querías decir, y es lógico –abrió un armario, sacó dos sartenes y las colocó sobre una cocina que parecía más propia de un restaurante que de una casa–. De acuerdo –dijo mientras echaba el bacon a la sartén y subía la fuente de calor–. Estos son los detalles más importantes. Me llamo Alexander Knight, eso ya lo sabes. Tengo treinta años. Vivo en Dallas y soy socio propietario con mis dos hermanos en un negocio que llamamos Especialistas en Situaciones de Riesgo, pero hasta hará unos cuatro años trabajaba para la agencia federal que me ha pedido que te vigile.

–¿Y en tu mundo qué quiere decir eso exactamente? —dijo Cara con cautela.

Alexander cascó todos los huevos en un bol enorme, añadió leche y empezó a batir.

–Quiere decir que haré lo que tenga que hacer para preservar tu vida.

–¿Y tratándose de mujeres, siempre...?

Él la besó antes de que pudiera terminar la frase.

–No –dijo él en tono brusco–. ¡Desde luego que no! He roto todas las reglas haciendo el amor contigo... pero no me importa –le trazó la silueta de los labios con la punta del dedo–. La verdad es que sabía que te deseaba desde el primer momento en que te vi.

Cara le agarró la mano y se la llevó a los labios.

–Creí que te habían enviado a matarme.

Hablaba tan bajo, que le costaba trabajo oírla bien.

–Ese hijo de perra de Gennaro –Alexander torció el gesto–. Si le pongo la mano encima...

–Él nunca ordenaría...

Había metido la pata. Lo miró a los ojos y se dio cuenta.

–Alexander. No quería decir que...

–Olvídalo.

–No, por favor. No me entiendes.

Él se dio la vuelta y se encaró a ella con una expresión que aterrorizaba.

–Te entiendo perfectamente.

–¡No me entiendes!

–Tony Gennaro sigue siendo tu dueño.

–¡Eso no es cierto!

–¿Cómo que no?

Avanzó a grandes zancadas hacia la puerta de la cocina, con pasos firmes. Cara se quedó mirando su espalda rígida. Entonces, se bajó de un salto del taburete y lo siguió.

–Yo tenía razón –decía ella mientras le daba con un puño en el hombro–. ¡Eres un hijo de perra arrogante!

Alexander se dio la vuelta para mirarla a la cara.

–Ten cuidado –le dijo en tono suave–. Recuerda lo que te dije de jugar con fuego.

–¡Anthony Gennaro nunca fue mi amante!

–¿Ah, no? –dijo en tono frío–. ¿Entonces qué era? ¿Tu Santa Claus particular?

Ella se quedó mirándolo, detestándolo por creer lo que creía, odiándose también a sí misma por dejar que eso le importara... Y deseando poder contarle la verdad.

–¿No tienes respuesta? –esbozó una sonrisa breve–. No hay problema, es una casa muy grande. Hay tres suites para invitados. Con suerte, no tenemos por qué vernos apenas hasta que pase todo esto.

–¿Hasta que pase el qué? –dijo Cara furiosamente–. El FBI quiere que testifique con algo que no sé lo que es. Alguien quiere matarme y no sé quién es. Tú entras en mi vida, la vuelves del revés, me dices que Anthony Gennaro es mi dueño... y luego vas y me seduces de todos modos...

Su voz se fue apagando. Lo miró con desesperación antes de darse la vuelta.

–Cara.

–Déjame en paz, Alexander. No quiero hablar más contigo.

Él tampoco quería hablar con ella. Lo único que había hecho había sido contradecir lo que él afirmaba, a saber, que Gennaro era un capo de la mafia que quería su cabeza. Si no era capaz de creerlo, Alexander no podía echárselo en cara. Después de todo, había sido su amante...

Aunque ella negara también eso. Tal vez fuera cierto. O tal vez no. O tal vez no importaba. La noche anterior le había parecido tan maravillosa, tan inocente en su manera de responderle.

Su pasado no le había importado entonces. ¿Por qué importarle ahora?

Se aclaró la voz.

–¿Cara?

–Vete.

Temblaba. No le gustaba verla así, dolida, sola y con miedo. Alexander avanzó un paso hacia ella.

–Cara.

Ella seguía sin contestar. Cuando llegó hasta ella, le puso las manos en los hombros.

–Nena, lo siento. No debería haberte dicho esas cosas.

–Las piensas, eso es lo que importa.

Le dio la vuelta hacia él despacio. Ella se resistió en un principio. Pero poco a poco sintió que cedía.

–Cariño. Mírame.

Ella levantó la cabeza. Y al ver que estaba llorando, a Alexander se le encogió el corazón.

–Estaba celoso –dijo Alexander sin más–. Defendiste a Gennaro, y pensé; maldita sea, pensé, incluso después de que pasaras todas esas horas entre mis brazos, que seguías pensando en otro hombre.

–Yo no soy así –levantó la barbilla y apretó los labios con determinación.

–No –dijo despacio–, no lo eres. Debería haberme dado cuenta de eso, pero no ha sido así –Alexander vaciló–. Vamos a pasar aquí una temporada. ¿Podríamos... ? ¿Crees que podríamos conocernos un poco?

–No tienes que conocerme para cuidar de mí.

Alexander sabía que lo que escondían esas palabras era mucho más complicado.

–Sí –dijo en tono suave–. Sí que tengo que hacerlo.

–¿Por qué?

Él le rodeó los hombros con el brazo.

–Porque algo está pasando aquí, cariño. No sé lo que es, pero no voy a ignorarlo, ni dejar que tú lo ignores hasta que no lo hayamos averiguado.

No era un compromiso, en absoluto. Pero era lo más parecido a un compromiso que le había hecho a una mujer en su vida.

Era una locura.

No se conocían apenas. Se lo había dicho hacía un rato, y era verdad. Y sin embargo, todo le resultaba natural: sus labios dulces al besarla ardientemente, sus leves suspiros al mezclarse con su aliento.

Alexander la levantó en brazos. Pasó por delante de la cocina, retiró la sartén con el beicon quemado y la echó al fregadero.

Si la casa iba a arder, no sería por una sartén de beicon; sino por lo que ocurriera cuando se la llevara a la cama.

Capítulo 8

HICIERON el amor de maneras que a Cara le habrían parecido imposibles de imaginar.

Él era fuerte, viril; y al principio, cuando lo había visto a la clara luz de la mañana, se había preguntado si era posible que él entrara dentro de ella.

Sus pensamientos debían de haber sido visibles, porque él había sonreído con picardía, se había colocado encima de ella y le había recordado lo bien que se habían complementado la noche anterior.

Y se complementaban igual de bien en ese momento.

Cuando estaba debajo de él, encima de él, cuando él la agarraba de la cintura y la penetraba despacio, por detrás.

Tal vez fuera anticuado, pero la postura que más le gustaba a ella era cuando él estaba encima. Había tratado con hombres en el mundo real, se había encarado con agentes del FBI y con Anthony Gennaro...

Pero le encantaba la sensación de ser poseída por Alexander. Que él la tomara.

Le encantaba todo lo que él le enseñaba del arte de hacer el amor; de amar, de amarlo a él.

Y cuando eso se coló en su pensamiento mientras, agotada tras hacer el amor, permanecía tumbaba entre sus brazos, Cara trató de ignorar aquella idea tan peregrina. Nadie había hablado de amor. Nadie lo haría. Era ingenua con los hombres, con el sexo; pero no era tonta.

Aquello no tenía nada que ver con el amor. Era demasiado precipitado, demasiado irreal. Además, un hombre como Alexander no se enamoraría de una mujer como ella.

En otras circunstancias, sin los elementos añadidos del peligro, ni siquiera se habría vuelto a mirarla.

Eso lo sabía.

Además, ella apenas lo conocía. No se podía una enamorar de un extraño. ¿O sí?

El sol se hundía en el horizonte cuando Alexander gimió. Cara levantó la cabeza y lo miró.

–¿Qué te ocurre?

–Estoy muriéndome –contestó con tanto dramatismo que ella supo que no era cierto.

Cara sonrió.

–¿De qué?

–De hambre –gimió él mientras le tomaba la mano y se la colocaba en su vientre duro–. ¿Ves, no tengo más que piel y huesos?

–¿Mmm, y esto qué es?

Pegó un chillido cuando él rodó y se colocó encima de ella.

–Si no sabes lo que es, Caperucita, tendré que demostrártelo, pero más tarde. Ahora me muero de hambre. Y si mi memoria no me falla, hay filetes en el congelador. Y seguro que John ha metido algo para preparar alguna ensalada en la nevera.

A Cara le sonaron las tripas. Alexander se echó a reír, le dio otro beso y se levantó. Se puso los pantalones cortos, le dio la mano y tiró de ella para que se pusiera de pie.

–Eso ha sido un voto para cenar en casa en vez de salir a un restaurante –dijo él con humor.

–Yo haré la ensalada y tú los filetes. ¡Eh!

Se resistió al notar que él tiraba de ella hacia la puerta.

–¡No puedo bajar así!

Alexander la miró. Estaba desnuda, con la piel rosada tras horas de hacer el amor, el cabello revuelto y despeinado e increíblemente sexy.

–¿Cómo? –estropeó su aire de inocencia con su mirada de lobo.

–Así...

Sonriendo, Alexander la abrazó.

–Estás preciosa.

–Pero no puedo bajar así –ella se sonrojó–. Alguien podría verme...

–Yo. Yo te veré. Y me encanta lo que veo.

–Y John...

–Nunca viene a la casa cuando estoy aquí sin avisar. Y no pongas esa cara, nena. Es porque a mí me gusta la privacidad, no porque traiga a nadie –Alexander vaciló, sin saber por qué quería decirle eso–. De todos modos, nunca he traído aquí a una mujer hasta ahora.

–Y los preservativos...

¿Era posible que una mujer se sonrojara tantas veces?

–Es por simple costumbre –dijo sin más–. Los guardo junto a la mesilla de noche para no olvidarme de ponérmelos... Salvo anoche –vaciló–. Es la primera vez en la vida que se me olvida ponérmelo –le dijo con voz ronca, y al mismo tiempo tierna.

El instinto le decía que no acordarse del preservativo tenía menos que ver con el olvido y más con otra cosa. Había tratado de no razonar, pero no podía. Además, en ese momento, lo que debía era infundirle seguridad.

–Estoy sano, Cara. Tienes todo el derecho a saber eso.

–Yo también estoy sana. Y... Y este es mi momento seguro del mes –Cara soltó una pequeña risilla y apoyó la cara en su hombro–. ¡No me mires así!

–No puedo evitarlo. Pensaba que las mujeres habían dejado de sonrojarse hace cien años.

–Ojalá no me sonrojara. Es horrible.

–Es maravilloso –le agarró la cara entre sus manos, se la levantó y la besó, encantado con el modo en que ella se inclinaba hacia él, como si él fuera lo único que necesitaba en el mundo.

Al ver que el beso se prolongaba, se apartó de ella, sabiendo que si no lo hacía, no saldrían del cuarto en varias horas. Necesitaban comer, necesitaban energía. No solo para hacerle el amor de nuevo, sino también por si acaso pasaba algo .

Maldita sea, tenía que dar una vuelta por la casa, ir a hablar con John. Casi se le había olvidado el peligro que corría ella. Y sin duda corría peligro; esos dos matones de Nueva York no habían ido a hacerle una visita de cortesía.

Ese era el problema de mezclar los negocios con el placer. Que uno perdía el norte. Que se le iba a uno la atención. Y si algo le pasaba a esa mujer, si dejaba que le pasara algo a ella...

–Bueno –dijo con brusquedad–, ponte mi albornoz y bajaremos a preparar la cena.

Y mientras preparaban la cena en lo que debería haber sido un silencio agradable, Cara sintió que ocurría algo. Una tensión repentina se había asentado. Algo iba mal, pero no entendía el qué.

Se había hecho de noche cuando terminaron de prepararlo todo. Salió con Alexander a la terraza. El enorme espacio de suelos de baldosas azules que se extendía hasta la piscina, suavemente iluminada con luces bajo el agua, le pareció de una belleza increíble. Las plantas exuberantes cargaban el aire con el perfume de sus flores; el leve gorgoteo de una piscina de hidromasaje en un rincón se confundía con el susurro y el restallar de las olas.

Cara se volvió hacia Alexander, deseando decirle lo mucho que le gustaba aquel lugar, pero él no la miraba en ese momento. Estaba ocupado tratando de encender el grill; más ocupado de lo que cualquier hombre pudiera estarlo haciendo algo tan sencillo.

Se le encogió el corazón. Quería preguntarle qué pasaba. ¿Le estaría pesando haber hecho el amor?

–¿Alexander? –susurró.

Él se volvió hacia ella, con la cara desnuda de expresión.

–¿Te parece bien un merlot?

–¿Cómo?

–De beber. Pensé en abrir una botella.

Él se quedó pensativo un momento, como si tuviera la cabeza en otro sitio.

–¿Cara?

–Sí –dijo ella alegremente–. Me parece bien un merlot.

Alexander entró en la casa, volvió con una botella, un sacacorchos y dos vasos. El vino brillaba como los granates cuando él sirvió las copas, y bajó por su garganta con suavidad, pero Cara no podría haber adivinado su sabor. Tampoco la ensalada le supo a nada, aunque Alexander le dijo que el aliño era magnífico.

–¿Qué te pasa, por qué no estás comiendo? –dijo él después de un rato en silencio.

Ella alzó la vista.

–Supongo que no tengo tanta hambre como pensaba.

Él asintió.

–A mí me pasa lo mismo...

Su voz se fue apagando. Cara lo miraba con expresión sombría. Y sabía cuál era la razón; que la estaba tratando con la deferencia con que se trataba a un extraño. Y ellos dos no eran extraños; después de lo que habían compartido, el peligro, las discusiones, la rabia, las risas; después de todas las horas que habían pasado el uno en brazos del otro.

Tiró la servilleta en la mesa y retiró la silla. Su copa se cayó al suelo y se rompió. ¿Pero qué importaba una copa rota si acababa de romperle el corazón a Cara?

–Cielo –dijo mientras la estrechaba entre sus brazos–. Cariño, perdóname.

Ella negó con la cabeza, y sus bucles sedosos le acariciaron los ojos.

–No hay nada que perdonar –le dijo ella, pero el temblor de su voz la delató.

–Sí, sí que hay algo que perdonar –la agarró del mentón–. Estoy tratando de... Estoy intentando guardar una distancia profesional –le dijo con nerviosismo–. ¿Lo entiendes?

–No digas nada más, Alexander. Sé que yo soy una... una misión. No tienes por qué...

Entonces él la besó. Fue un beso profundo, ardiente. Le agarró la cara con las manos para que ella no pudiera moverse; y abrió la boca y con gesto exigente quiso demostrarle lo mucho que deseaba besarla. Cuando finalmente ella emitió un leve sonido y le puso las manos en el pecho, él varió el ritmo del beso, lo hizo más suave y la tomó suavemente entre sus brazos.

–Sí –le dijo Alexander–. Sí, eras una misión para mí. Mi cometido era y es protegerte. ¿Pero cómo voy a protegerte si me he olvidado de quién soy? Se supone que soy Alexander Knight. Especialista en riesgos, agente secreto, llámalo como quieras. Y jamás me he distraído de mis cometidos. Y así es cómo debe ser en este trabajo –su voz se suavizó y volvió a besarla–. Y entonces viniste tú y me convertí en otra persona.

Cara sonrió.

–Me gusta esa otra persona. Mucho.

–Sí. Y a mí también –torció la boca–. Pero si no estoy alerta, cariño, si pierdo concentración, se me podría pasar algo. Y te podría pasar algo a ti. Y si eso pasara, Dios, si pasara...

Ella le agarró la cara entre las manos, tiró de él y lo besó en los labios.

–No me pasará nada, Alexander. Si tú estás conmigo para cuidar de mí, no me pasará nada.

Él apretó la mandíbula.

–No subestimes a Gennaro. El que me haya ocupado de esos tipos en Nueva York no significa...

Ella le agarró la cara con fuerza, como si él fuera a marcharse.

–Alexander. Anthony Gennaro jamás me amenazó.

–¿Cómo que no? Por eso es por lo que el FBI quería meterte en el programa de protección de testigos.

–Los agentes federales que vinieron a verme insistieron en que yo sabía cosas de... de los negocios de Gennaro. Que él me mataría por eso.

–¿Es así como le llamas al crimen? ¿Un negocio?

–De acuerdo –Cara subió la voz–. Es un criminal. Pero yo no sé nada de esa parte de su vida. Y jamás me haría daño. Sé que no lo haría.

Alexander se puso serio. Agarró a Cara de las muñecas y le bajó los brazos.

–No hablemos de él, ¿de acuerdo? Tu relación con él pertenece al pasado. Haznos un favor a los dos dejándola allí.

–Maldito seas –dijo ella, levantando la voz de rabia–. Escúchame. Yo no fui su amante. No fui su señorita de compañía, ni su novia. Yo era la librera que él contrató para catalogar una colección de libros que había comprado en una subasta de Sotheby's. Entró en mi despacho de la universidad y me ofreció el trabajo.

Yo no sabía nada de él, solo que me estaba ofreciendo una oportunidad única en la vida.

–De librera.

El desprecio en la voz de Alexander le dolió, pero lo ignoró.

–Exactamente. Trabajaba para él. No me acostaba con él, por amor de Dios. No podría haberlo hecho. No quería, porque... porque...

–¿Por qué?

Cara aspiró hondo. El ser demasiado sincera era un peligro.

–Porque no era eso lo que él quería de mí. Porque no soy de esa clase de mujer. Hasta que te he conocido a ti, solo había estado con un hombre, y aquello... Aquello no se parece en nada a lo que siento contigo, a lo que tú me haces sentir...

Alexander murmuró una imprecación entre dientes, la abrazó y la estrechó entre sus brazos. Pero ella volvió la cara.

–Si no me puedes aceptar como soy –susurró con emoción–, si voy a ver la duda en tus ojos cada vez que hagamos el amor, entonces lo que pasó anoche, lo que ha pasado hoy, fue y ha sido un error.

Jamás le habían dado un ultimátum con tanta dignidad. Y le encantaba. Le encantaba el ángulo de la barbilla de Cara, el orgullo en sus ojos. Le encantaba...

–¿Alexander?

–Tienes razón –respondió en tono suave–. No tenía derecho a cuestionar lo que digas ni a dudar de ti – sonrió–. Lo siento, cariño. No volverá a ocurrir.

Ella se relajó un poco.

–Jamás te mentiría, Alexander. Sobre nada.

A Alexander le encantaba su manera de pronunciar su nombre; o cómo lo miraba a los ojos.

–¿Entonces contestarás a cualquier pregunta que te

haga? –le dijo él con dulzura–. ¿Me dirás la verdad, toda la verdad y nada más que la verdad?

Él sonrió, para que ella entendiera que estaba de broma. Pasados unos segundos, ella sonrió también.

–Bueno.... –le metió las manos por debajo de la camiseta y le acarició el pecho–. ¿Qué quieres saber?

Él bajó la cabeza y le mordisqueó el labio con delicadeza.

–Para empezar –le dijo él en tono suave–, ¿cómo es posible que seas tan preciosa? ¿Y tan valiente? –sonrió–. La mayoría de las mujeres se desmayarían si un extraño entrara en su ducha.

Cara se echó a reír.

–¿Lo has hecho antes?

–Confía en mí –dijo Alexander con solemnidad–. Jamás he sacado a ninguna mujer de la ducha hasta que te conocí a ti –le puso las manos en la cintura–. Y cuando ese asesino entró por la puerta tan bruscamente, ni siquiera te inmutaste.

–Tú estabas allí conmigo.

Lo dijo con tanta convicción que se le llenó el corazón de orgullo.

–Lo siento –dijo él–. No por haber estado contigo. De eso me alegro mucho –la besó suavemente–. Siento haber sido tan brusco y duro contigo, cielo.

–Estabas haciendo tu trabajo.

–No –se aclaró la voz–. Te estaba juzgando. Y no tenía ningún derecho a hacer eso –vaciló–. He visto cosas horribles en esta vida, Cara; hombres con las manos tan manchadas de sangre que no podían limpiárselas.

–¿Fuiste soldado?

–Sí –él vaciló.

Jamás hablaba de lo que consideraba su vida anterior, excepto con sus hermanos, que también habían vivido esa vida.

–En las Fuerzas Especiales –añadió en tono brusco–. Así fue como nos conocimos John y yo. Nuestra unidad estaba en... en un sitio a miles de kilómetros de aquí.

–¿Y le salvaste la vida?

Maldición. ¿Por qué le habría contado eso? Sí, solo para asegurarse de que ella entendía bien que no podía acudir a John para pedir ayuda; pero en ese momento no sabía qué explicación darle. Una corta, entonces. No quería asustarla, y no deseaba hablar de él ni de los días que había pasado aferrándose a la vida después de haber vuelto a por John...

–No fue nada de mucha importancia. Había puesto un explosivo en un edificio. Solo teníamos unos segundos para salir y John, bueno, recibió un tiro. Cayó al suelo y...

–Y volviste por él –dijo Cara en voz baja.

Y también recibió otro tiro como John, fue capturado y se pasó diez días sufriendo torturas antes de cargarse a su guardián y salir de allí con John. Eso no se lo pensaba contar.

–Sí, así éramos todos en las Fuerzas Especiales de Seguridad. Después fui contratado por una agencia del gobierno. Estuve allí un par de años, y cuando lo dejé, no volví a mirar atrás, Cara. Hasta ahora. Hasta que el tipo que lo dirige me pidió que aceptara esta misión.

–Soy yo –dijo en voz baja.

–Ya no. Tú ya no eres una misión, cielo. Eres...

Lo más importante de su vida. Eso era lo que había estado a punto de decir. Pero era una locura.

–Eres especial para mí –vaciló, sin saber si decirle lo que sentía pero no queriendo volver a hacerle daño–. Cara, pasé mucho tiempo tratando con gentuza como Gennaro, con hombres que matan lo que no pueden corromper. Tal vez por eso es por lo que no soportaba pensar que tú fueras parte de su vida. ¿Lo entiendes?

Cara asintió. Estaba pálida, ¿y cómo no iba a estarlo? ¡Era un imbécil! Esa mujer era su amante, solo habían pasado dos noches juntos, y le estaba hablando en tono moralista.

–Cariño. Perdóname –soltó una leve risilla–. Menuda conversación para la cena...

–No. No te disculpes. Me alegro que me lo hayas explicado. Quiero saberlo todo de ti, Alexander. Todo.

Él le sonrió.

–Sí –su voz se volvió ronca mientras le tiraba del cinturón del albornoz–. Yo también –paseó la mirada por su cuerpo y sintió que se excitaba al instante–. ¿Te he dicho alguna vez lo preciosa que eres?

Ella sonrió y pareció como si le volviera el color a las mejillas.

Suavemente, él la besó en el cuello.

–Preciosa. Y deliciosa... Por todas partes –dijo mientras le acariciaba los pechos, para seguidamente succionárselos con fruición.

Ella soltó uno de esos gemidos de placer que tanto le gustaban a él.

–Esto no lo necesitas... –dijo Alexander mientras le quitaba el albornoz.

–Alexander...

–Chist, cariño. Deja que te haga el amor. No. No hagas nada. Solo deja que te toque y que te mire a la cara. Quiero ver lo que te gusta.

Le gustaba todo de él, todo lo que le hacía.

–Abre las piernas para mí –añadió en tono ronco y sensual–. Sí, así...

Ella susurró su nombre, pero él no le contestó. La miraba fija, ardientemente; y solo de verlo así ella temblaba ya de deseo.

–¿Te gusta esto? –le susurró él.

Le buscó el clítoris con los dedos y se lo acarició. Con la otra mano le acariciaba un pezón. Luego con la boca. Él estaba totalmente vestido, y ella desnuda, a su merced. Desnuda y encantada de lo que le estaba haciendo, de sentir sus manos, su boca...

Amándolo. Amando a aquel extraño apasionado y peligroso. «Te amo, Alexander», pensaba alocadamente.

La levantó en brazos y la llevó hasta una tumbona que había junto a la piscina. Entonces, sin dejar de mirarla, se quitó la ropa y dejó al descubierto su cuerpo bien esculpido.

Cara le echó los brazos.

Él se colocó sobre ella, la cubrió con su cuerpo; entonces le tomó la mano y se la colocó sobre su sedosa erección. Aguantó la respiración cuando ella lo guio hacia ella, levantó las caderas y dejó que la penetrara.

–Alexander –sollozó mientras empezaba a moverse–. Alexander...

Las sensaciones se sucedieron como un torrente. Alexander gimió y susurró su nombre mientras la llevaba con él a los fuegos nocturnos que abrasaban la noche tropical.

Capítulo 9

DÍAS cálidos, soleados. Noches frescas y estrelladas. Y siempre, ya fuera de día o de noche, Alexander entre sus brazos.

Lo que había empezado como una pesadilla se había convertido en un sueño. Cara volvió su cara hacia el cielo mientras el agua de las olas le rozaba los dedos de los pies. Pensó que prefería no pensar en ello como en un sueño; porque de los sueños uno acababa despertándose. Era una realidad.

En lugar de ser un asesino, había resultado ser el hombre al que llevaba toda su vida esperando.

Cara pensó en el modo de describirlo.

Era fuerte, listo. Le gustaba protegerla, y era bello; aunque a ella le daba la impresión de que se enfadaría si ella utilizara alguna vez esa palabra delante de él.

Y además de todo eso era divertido. La hacía reír, lo cual era en sí un pequeño milagro. Hacía mucho, meses ya, que no se había reído.

Y le daba la impresión de que él había vivido épocas en las que tampoco se había reído mucho.

Cara sentía que su amante había visto más del lado oscuro de la naturaleza humana de lo que debería ver cualquiera.

Que pudiera pilotar un avión le había sorprendido. Resultaba también que sabía navegar. Tenía un velero, que según él le habían vendido con la casa. La primera vez que habían salido con el barco, había pasado todo el tiempo abrazado a ella, al timón. Después le había enseñado a manejar el barco, y a ella le había encantado aprender. Pero lo que más le gustaba era hacer el amor sobre la cubierta de madera de teca, desnudos bajo el sol de Florida.

Alexander le había sugerido navegar hasta Miami Beach para poder comprarle algo de ropa. Pero ella le había dicho... , solo de recordarlo se sonrojaba; le había dicho que solo lo necesitaba a él.

¿Además, para qué quería llevar nada estando con Alexander? La ropa habría sido un impedimento para su manos, que no paraban de acariciarla, de tocarla; los pechos, el vientre; mirándola con aquellos ojos verdes tan ardientes.

¿Tan extraño era que se hubiera convertido en una mujer insaciable con su amante?

Cara se abrazó las piernas y pensó en lo que su madre le había dicho en una ocasión cuando ella era una adolescente. El sexo podía ser peligroso. Y también maravilloso. Por eso había que esperar a ser más mayor para tomar decisiones más responsables.

Cara se dijo que el sexo era maravilloso si una estaba con el hombre adecuado. Su madre no había estado con el hombre adecuado, pero ella sí. Alexander era el hombre adecuado. El único hombre.

Cada día, cada noche, se enamoraba más de él.

Lo que deseaba saber de todo corazón era qué sentía él por ella. Sabía que era algo más que una atracción física. Lo notaba en cómo la abrazaba tras hacer el amor; o en cómo le decía aquellos apelativos cariñosos.

–Buenos días, cariño.

Cara volvió la cabeza y vio que su amante caminaba hacia ella. Y le sonreía como solo le sonreía a ella.

–Buenos días.

Le tendió la mano y él tiró de ella y le dio un beso con sabor a pasta de dientes.

–Me he despertado en la cama vacía. ¿Por qué me has dejado?

–No sé. Sentí el sol en la cara, oí el ruido de las olas y... –sonrió y se abrazó a él–. No me canso de tu isla. Es tan preciosa.

–Eres tú quien eres preciosa –le dijo en tono suave.

La besó de nuevo, esa vez con un beso más pausado y largo, y Cara sintió que se derretía por dentro.

–Tengo una idea –dijo Alexander.

–¿Mmm?

–Desayunaremos rápidamente. Luego, iremos en el velero hasta el continente.

–Pero a mí no me hace falta...

–Me encantó lo que me dijiste, nena. Pero quiero llevarte por ahí. Enseñarte South Beach –sonrió–. Por favor, Cara. Déjame llevarte.

Sabía que él se lo estaba diciendo de corazón. Y lo cierto era que la idea de ir a South Beach con él la emocionó.

Miami Beach, South Beach; era otro mundo. Mujeres diez se paseaban con hombres igualmente impresionantes a su lado; aunque ninguno le pareció tan apuesto como Alexander.

Los cafés de las aceras competían en elegancia, los hoteles eran fantásticos, y solo se veían Ferraris, Lexus y Mercedes.

Y tiendas.

Ah, y qué tiendas. Fendi, Gucci, Christian Dior y otros exponentes del diseño y la alta costura. Sin duda algo por lo que había que pagar cantidades elevadas.

–No –dijo Cara deteniéndose al ver el primer discreto cartel.

–¿No qué? –respondió Alexander mientras miraba hacia la ventana–. ¿No te gusta ese diseñador?

Ella estuvo a punto de echarse a reír.

–No es eso; pero no puedo permitirme venir a estos sitios.

–Bueno, no. No puedes –dijo en tono muy razonable–. ¿Cómo ibas a poder si no tienes cartera? –se acercó un poco más a ella–. No es muy fácil tener cartera cuando un hombre te saca de la ducha desnuda.

–¡Chist! ¡Te va a oír todo el mundo! –horrorizada, miró a su alrededor–. Ahora no hables de eso. Además, aunque llevara encima mi cartera nunca podría...

–Sí –añadió él–, pero yo sí que puedo. Y me daría mucho placer comprarte algo especial, ¿de acuerdo?

–Alexander...

–Conozco ese tono de voz, cariño. Míralo de este modo. He hecho una reserva en el que se supone que es el sitio más romántico de la playa –sonrió–. Estás preciosa tal y como estás. ¿Pero yo qué sé? Soy un hombre.

Cara se miró los pantalones de algodón. Le quedaban muy grandes, y estaban también gastados. Además, hacía calor. Y los zapatos... John le había dejado una chanclas de goma descoloridas del sol que encima le quedaban grandes.

Desde luego no iba vestida para una cena romántica.

–¿Cara? ¿Podemos entrar ya?

Ella asintió. Le dio la mano y pensó que no les dejarían pasar con la pinta que llevaban.

Pero se equivocó totalmente.

Evidentemente, los empleados de las tiendas eran capaces de ver más allá de las apariencias. Saludaron a Alexander del mismo modo en cada tienda, con las mismas sonrisas respetuosas y la misma atención. Luego, él señalaba cosas que creía le quedarían bien.

–Nos probaremos esto –le había dicho a la dependiente que se había acercado–, y también eso; y aquello de allí.

Él no le preguntó si alguna cosa le parecía bien, o si le gustaba. Asumía que podía decirle cómo serían las cosas y que ella lo aceptaría.

Lo más sorprendente era que él tenía razón. Su Alexander no era un hombre con quien discutiera una mujer, sobre todo si lo amaba, si lo amaba con toda su alma...

–¿En qué estás pensando? –le preguntó él en voz baja.

Y Cara se sonrojó, y dijo que no había estado pensando en nada en particular.

–Mentirosa –le había dicho él en tono todavía más bajo, y cuando le pegó los labios al oído le dijo que encontraría el modo de forzarla para que le dijera la verdad cuando estuvieran a solas.

Al final se habían recorrido todas las tiendas. Ella se había probado de todo: zapatos, bolsos, vestidos, pantalones, tops... Hasta que finalmente, en la última tienda, Alexander dijo sí a unos espectaculares pantalones cortos blancos y a un top de seda blanco y sandalias a juego, y le dijo que se pusiera la ropa y tirara los pantalones de algodón y la camiseta.

–La señorita se llevará esta ropa puesta –le dijo a la dependienta.

Cara fue hacia el probador, entonces se dio la vuelta. Alexander arqueó las cejas.

–Ropa interior –le dijo, moviendo los labios para que él la entendiera–. Necesito un sujetador, y braguitas –le susurró, sonrojándose un poco.

–No lo necesitas.

Alexander lo dijo con una voz tan sensual, que ella sintió deseos de arrastrarlo hasta el probador.

–Ya le he dicho a la dependienta que se ocupe de ello.

Compraron un sujetador de encaje con tanga a juego. Cara se puso el conjunto, y entonces se imaginó a Alexander quitándoselo.

Ah, sí... Sin duda aquel era un sueño que no quería que terminara jamás.

El café donde almorzaron tenía vistas a la playa. Había olas muy grandes ese día; alguien gritó que había delfines, y con deleite contemplaron los elegantes cuerpos grises saltando sobre las olas. Cara sacudió la cabeza fingiendo exasperación, y diciendo que Alexander lo había preparado todo para ella.

–Lo haría si pudiera –le respondió él sonriendo–, solo para verte reír así.

Era cierto. Habría vuelto el mundo del revés solo para ver esa expresión en su cara.

Le encantaba verla reír, sus sonrisas, o cómo suspiraba con placer mientras comía la ensalada *Niçoise* o emitía sonidos de aprobación al probar el *pinot grigio* que había seleccionado de la carta de los vinos.

–¿Es el nombre del vino o de la uva? –le había preguntado ella después de probarlo.

Y a él le encantó que a ella no le importara reconocer que no lo sabía, y también su interés genuino.

Y le encantaba la cara que ponía cada vez que él había señalado alguna prenda o algún bolso en un escaparate, y su manera de abrir los ojos como platos cuando lo había añadido al montón cada vez más grande de las cosas que quería que ella se pusiera.

Incluso él, que jamás había salido de compras con una mujer en su vida, se dio cuenta de que nadie le había comprado jamás regalos caros.

De haber sido su amante, Tony Gennaro lo habría hecho... ¡Ya estaba otra vez pensando en eso! Ella le había dicho que no había sido amante de Tony Gennaro y él la creía.

–¿Les apetece tomar postre? –les preguntó el camarero.

El postre que quería Alexander lo tenía sentado enfrente, pero supuso que eso no podría decirlo.

–Sí –Alexander se aclaró la voz–. ¿Cara?

Ella escogió algo de la carta de postres, pero solo, según dijo, para que él lo compartiera con ella; y él dijo que sí, que lo compartirían.

Compartir lo que tenía en mente le parecía perfecto.

El camarero llevó el café y un postre de chocolate que parecía una obra de arte.

–Delicioso –suspiró Cara.

–Absolutamente delicioso –concedió Alexander, pero la miraba a ella.

Cuando salieron del café, ella se quitó las sandalias nuevas, él sus mocasines, y caminaron por la playa agarrados de la mano, cada uno disfrutando simplemente de la compañía del otro. A media tarde, cuando ella se sintió un poco cansada, Alexander le echó el brazo a la cintura.

–Volvamos al barco y echemos una siesta antes de la cena.

Pero en cuanto llegaron al barco y estuvieron bajo la cubierta, escondidos del mundo, con el suave balanceo del velero amarrado y la proximidad de sus cuerpos calientes por el sol, la siesta se les antojó menos deseable.

–Quiero hacerte el amor –le dijo Alexander en tono suave.

–Sí –respondió Cara–. Oh, sí.

Se desvistieron, se abrazaron e hicieron el amor despacio, muy despacio. Entonces, sin soltarse, se acurrucaron en la litera y se durmieron.

Los pantalones cortos, las sandalias y aquel top excesivamente caro no era lo que uno vestía para acudir a una cena romántica.

Cara salió de la ducha, al camarote lleno de pronto

de cajas y bolsas. Todas las marcas que había visto esa mañana estaban allí impresas en las cajas y envoltorios.

–¿Qué es todo esto? –preguntó ella, mirándolo.

Él puso cara de inocente.

–No tengo ni idea. Será mejor que lo abras.

Las cajas contenían todo lo que se había probado en las tiendas; desde ropa, bolsos y zapatos, hasta más conjuntos de ropa interior, en todos los colores del arco iris. Incluso había cosas que no se había probado, como un colgante dorado con un brillante en el centro, o unos aros pequeños y elegantes.

Estaba confundida.

–¿Cómo han podido pensar esos dependientes que querías todo esto?

Alexander le agarró la cara con las dos manos.

–Porque eso fue lo que les dije –dijo él en voz baja–. Estabas preciosa con todo, cariño. ¿Cómo iba a elegir solamente una cosa?

Ella lo miró con los ojos como platos.

–Alexander. No puedo permitir que hagas esto.

–¿Por qué no?

–Porque... es demasiado. Demasiado caro...

Él la besó en los labios con ternura.

–Chist, quería hacerlo, Cara –sonrió–. Además, en ninguna de esas tiendas se puede devolver nada.

Cara lo miró con suspicacia.

–Ya. No te cambian nada, ¿no?

Él sonreía cada vez más.

–Por favor, haz esto por mí, cariño. Me hará feliz.

–Es un chantaje de lo más ridículo, Alexander –le dijo, pero sonreía mientras le echaba los brazos al cuello y lo besaba.

Él tenía razón. El restaurante era muy romántico. Su mesa, iluminada con velas y frente a las oscuras aguas del océano, era perfecta. La comida fue tan incomparable como el vino, aunque Cara no recordara después ni lo que habían comido ni bebido.

Solo tenía ojos para Alexander, vestido con unos pantalones de lino color crema y una camisa de manga larga sin cuello. A la luz de las velas, él tampoco dejaba de mirarla.

Volvieron a casa con un cielo limpio y cuajado de estrellas, Cara abrazada a Alexander, con el suspiro del viento y el susurro de las olas como acompañamiento.

Alexander aumentó la velocidad del velero, y en poco tiempo llegaron a la isla. Caminaron hasta la casa y se dieron un beso largo y apasionado en el porche. Entonces él la tomó en brazos, entró con ella en la silenciosa casa y la subió hasta su cama.

–Alexander... –susurró ella mientras hacían el amor–. Alexander...

Él la besó. La llevó a las nubes y la entretuvo allí hasta que ella le rogó que tuviera compasión.

Cuando terminaron, cuando él estaba agotado y ella temblaba entre sus brazos, Alexander supo que había encontrado lo único que de verdad deseaba en ese mundo.

La mujer que lo complementaba.

Y en ese momento entendió que jamás permitiría que se marchara de su lado.

Capítulo 10

LAS sombras del techo eran delicadas como un encaje. Alexander las miraba fijamente junto a Cara, que dormía entre sus brazos, mientras pensaba con una sonrisa en los labios en el día que había pasado en Miami Beach. Todo había sido perfecto, desde el evidente deleite de Cara durante las compras, hasta la siesta en el camarote del velero pasando por la cena romántica y la vuelta a casa bajo un cielo tachonado de estrellas...

Perfecto, pensaba de nuevo mientra la besaba en la cabeza.

Su sonrisa se desvaneció. El día le había recordado que más allá del refugio de la isla estaba el resto del mundo, un mundo al que tendrían que volver algún día.

En realidad no se había olvidado de ese mundo, ni de la razón por la que se escondían de él. Cada noche, antes de irse a al cama, comprobaba el perímetro de la casa; el dispositivo de seguridad y las cerraduras en puertas y ventanas. Había advertido a John de la posibilidad de que surgiera algún problema y el exsoltado de las Fuerzas Especiales estaba alerta.

Alexander había tomado precauciones para que nadie supiera que estaban allí en Isla de Palmas; y estaba más que seguro de que nadie los había seguido cuando habían salido de Nueva York. El piloto había presentado un plan de vuelo que no tenía nada que ver con la realidad.

Sin embargo, solo un tonto se confiaría. La auto-
complacencia llevaba al descuido, y de ahí al peligro.

Le echó el brazo a Cara por encima y la estrechó
contra su cuerpo. Si algo le ocurriera...

Seguramente ese era el momento para llamar a
Shaw y averiguar qué planes habían hecho para salva-
guardar el regreso de Cara.

Shaw no dejaba de llamarle, de dejarle mensajes
en su móvil cada vez más airados. En su última llamada le había exigido muy enfadado que le dijera dónde
estaba, y le había preguntado si acaso olvidaba que
trabajaba para él.

Pero Alexander se dijo que no trabajaba para él; él
mismo había abandonado ese trabajo hacía ya varios
años. ¿Y qué iba a hacer Shaw, echarle de un trabajo
donde ya no trabajaba?

No había hablado con Shaw desde la noche que se
había llevado a Cara de Nueva York, y entonces solo
le había dejado un mensaje en su teléfono: «tengo el
paquete, y me lo llevo a un sitio más seguro», le había
dicho.

Sabía que había llegado el momento de hacer otra
llamada. No porque Shaw lo exigiera, a Alexander eso
no le importaba. La llamada le daría la información
que requería para mantener a Cara a salvo.

¿Se habría retirado Gennaro después del fracaso de
sus dos matones, o seguiría detrás de Cara? ¿Y cuándo
se iba a celebrar el juicio? Tampoco sabía qué planes
de seguridad habían hecho los federales.

Sabía, instintivamente, que fueran cuales fueran
esos planes, no serían suficientes. Él tendría que hacer
otros adicionales.

Proteger a un testigo no era lo mismo que proteger
a la mujer que uno... a la mujer por la que uno se pre-
ocupaba.

Y en medio de todo ello, seguía la única y persistente pregunta que no era capaz de quitarse de la cabeza: ¿Por qué Gennaro quería quitarse de en medio a Cara? Ella decía que no sabía nada de su organización.

Y eso sería verdad, ¿o no? ¿O no... ?

¡Dios, qué malo era!

Alexander retiró el brazo que le tenía echado por los hombros a Cara, se puso unos vaqueros y una sudadera, bajó a su despacho, encendió un fuego en la chimenea de piedra y se sirvió una copa de Courvoisier antes de acomodarse en un asiento de cuero.

Sabía muy bien que su renuencia a hablar con Shaw no tenía nada que ver con que el hombre no le gustara, sino con los sentimientos que tenía hacia Cara. No quería llevarla a Nueva York ni un segundo antes de lo necesario; no quería devolverla a la realidad, al peligro, no quería apartarla de aquel mundo privado que habían creado.

Decidió sacar el móvil y ver los mensajes que tenía. Había varias llamadas y mensajes de sus hermanos, y Alexander sonrió. Entonces vio que tenía tres de Shaw. El tercero le llamó la atención: *Knight, llámame lo antes posible. Nivel Rojo.*

Una subida de adrenalina le corrió por la sangre. Apretó el botón donde tenía grabado el número privado de Shaw, que respondió a la segunda llamada, tan alerta como si fueran las doce del día en lugar de la madrugada.

—¿Knight?

—Shaw. ¿Qué quieres?

—Ya era hora de que llamaras. ¿Pero qué demonios crees que estás haciendo? ¿Jugando al llanero solitario?

—Ve al grano, Shaw. ¿A qué viene lo de «nivel rojo»?

—¿Sigues teniendo el paquete?

–¡Sí, maldita sea! Conteste a mi pregunta. ¿Por qué «nivel rojo»?

–Las cosas se están moviendo aquí, Knight. Hay un rastro del paquete. Ha sido localizado hasta Florida.

–¿Cómo demonios...?

–Aún no han dado con la localización exacta, pero están cerca.

–Moveré al paquete.

–¡No! –respondió Shaw en tono de advertencia–. ¡No hagas eso! No sé quiénes son, ni su localización exacta; mover el paquete sería un error.

El director tenía razón, y Alexander asintió.

–De acuerdo –se pasó la mano por la cabeza–. Pero no puedo entender cómo han logrado rastrear el paquete hasta Florida.

–Tal vez a través del oficial de policía en el aeropuerto Kennedy.

–Es de total confianza.

–Pero está desaparecido –dijo Shaw con brusquedad–. Hace casi una semana que no lo ha visto nadie.

Alexander apretó la mandíbula. No quería ni pensar en lo que podría haberle ocurrido a su antiguo compañero.

–Tengo un plan –dijo Shaw.

–¿Qué es?

–Dime dónde estás exactamente. Te enviaré asistencia por aire.

–No. Maldita sea, los federales...

–Los federales no. Gente de la agencia. Los hombres en los que podemos confiar para que realicen un trabajo sin dar explicaciones.

En otras palabras, hombres que creían en la causa descrita por la Agencia y que harían lo que se les dijera.

Hombres como él había sido en el pasado.

–¿Alexander?

Se dio la vuelta. Cara estaba a la puerta, envuelta en su albornoz. Le pareció menuda, vulnerable, y sintió un orgullo en el pecho que no podía compararse con ningún otro sentimiento. Le tendió los brazos, y ella fue hacia él y se acomodó.

–Estamos en una isla –le dijo a Shaw–. En un lugar llamado Isla de Palmas.

–Isla de Palmas –repitió Shaw–. ¿Nombre del hotel?

–Es una isla privada –Alexander sonrió a pesar de sí mismo–. Pero no está en tu ordenador, Shaw; yo mismo me ocupé de que no figurara.

–¿Hay pista de aterrizaje? –preguntó Shaw en tono frío–. ¿Un muelle para amarrar un barco? ¿Qué dispositivos de seguridad tienes?

–Hay una pista de aterrizaje. No hay muelle, pero sí una cala protegida en la cara oeste de la isla. Una pequeña embarcación puede entrar y salir sin problemas. La seguridad, la estándar. Diles a tus hombres que me llamen cuando estén a unos cientos de kilómetros de aquí y la desconectaré.

–Eso no está bien. Demasiado precipitado. Hazlo en cuanto terminemos esta llamada.

–Sí, de acuerdo.

–¿Tienes armas? ¿Hay alguien que pueda echarte una mano?

Alexander experimentó una leve sensación de desasosiego en forma de escalofrío en la espalda. No había tiempo para prestarle más que una atención superficial, pero la suficiente para que le dijera una mentira.

–No –dijo, como si las pocas pistolas que había guardado en una caja de caudales en la pared cuando había comprado la casa no existieran, o como si el hombre que le debía la vida no estuviera viviendo en una casita a menos de un kilómetro de la casa.

–En ese caso, salvaguarda al paquete lo mejor posible, Knight, hasta que llegue la ayuda; será alrededor de media mañana.

Shaw colgó. Alexander cerró el teléfono.

–¿Qué pasa? –le preguntó Cara en voz baja.

–Nada.

¿Por qué preocuparla sin necesidad? No había razón para pensar que los hombres de Gennaro la hubieran localizado, y la caballería no llegaría al rescate antes de cinco o seis horas.

–¿Por qué no estás en la cama?

–Alexander, no me trates como a una niña –respondió ella en tono seco–. ¿Con quién hablabas?

Alexander suspiró.

–Con el director de la Agencia para quien yo trabajaba –vaciló–. Cree que los hombres de Gennaro podrían estar en Florida, buscándonos.

Cara negó con la cabeza.

–¿Pero por qué? Aún no lo comprendo. No hay razón por la que él quisiera hacerme daño, Alexander... Ninguna en absoluto.

–Cariño, vamos, ya sé que piensas que ese hombre tiene buen corazón, pero... ¿Qué pasa?

Cara se fijó en la pantalla de la televisión.

–Ese hombre –dijo en tono suave.

Alexander miró la pantalla. ¿Maldita sea, pero qué estaba pasando? Una presentadora muy repeinada estaba entrevistando a Shaw; a un Shaw más joven, pero era él, como referencia a una noticia relacionada con el Ministerio de Defensa.

¡Qué casualidad!

–Es Shaw –dijo Alexander, tomando el mando a distancia y subiendo el volumen–. ¿Cariño, qué ocurre? –le preguntó al ver que Cara miraba la pantalla fijamente.

–Nada. Solo es que... –miró a Alexander–. Lo he visto antes. En realidad, lo conozco en persona.

Alexander volvió a sentir el mismo malestar, aquel escalofrío.

–¿Dónde lo conociste?

–En casa de Gennaro, en North Shore.

Alexander la agarró por los hombros.

–¿A este tipo? ¿En casa de Gennaro?

–Sí. Fue una noche, ya era tarde. No podía dormir, así que salí de mi habitación y bajé a la biblioteca a por un libro. Ese hombre estaba allí... con el señor Gennaro.

–¿Estás segura?

Cara asintió.

–Dejaron de hablar en cuanto me vieron, y el señor Gennaro me lo presentó como señor Black, y dijo que tenían que discutir unos asuntos de negocios y cerró la puerta de la biblioteca. Pero es el mismo hombre. ¿Por qué? ¿Quién es?

Alexander no respondió. Todo parecía empezar a encajar en su sitio a la velocidad del rayo. Primero Shaw lo llamaba a él, a una persona de fuera, para hacer un trabajo que supuestamente era tarea del FBI. Después desaparecía un policía del aeropuerto Kennedy que podría haber corroborado que un jet privado había salido del aeropuerto con un hombre y una mujer a bordo, la misma noche que había desaparecido la mujer.

Salvo que, pensaba Alexander con pesar, él no le había hablado a nadie de su reunión con el policía en el aeropuerto Kennedy. No se lo había dicho a nadie. Y menos a Shaw.

–Cara. Escúchame.

–¿Qué pasa, Alexander? ¡Me estás asustando!

–Es posible que vayamos a tener visita.

La frialdad y firmeza que Cara vio en su mirada le decían que no se refería a una visita social.

–¿Quiénes?

–Los hombres de Gennaro.

Ella empezó a negar con la cabeza, y él se preguntó si ella tendría razón, si no serían los hombres de Gennaro los que querían matarla, ¿Y si...?

–Cara, cielo, cuando el FBI te entrevistó... ¿Recuerdas los nombres de los agentes que lo hicieron?

–Giacometti y Goldberg.

–Buena chica.

–Dijeron que eran de la oficina de Newark –trató de sonreír–. Recuerdo que pensé lo poco que sabía, que sé, sobre cómo opera el gobierno, porque yo habría pensado que para entrevistarme a mí enviarían a agentes de Nueva York o de Washington D.C..

Alexander le agarró la cara con las dos manos y la besó. Entonces cruzó la habitación, descolgó una pintura, abrió la caja fuerte que había detrás y sacó varias pistolas que había guardado allí. Cuando lo había hecho se había dicho a sí mismo que era un paranoico y un imbécil; en ese momento se alegraba de haberlo hecho.

–¿Alexander, es que... vamos a necesitar pistolas?

–Si no estoy equivocado en cuanto a lo que pienso que va a pasar, es muy posible que sí, cariño. Sí las necesitaremos –la cara que puso ella le angustió, pero era el momento de ser sincero, por muy duro que fuera–. ¿Has usado alguna vez una pistola, Cara?

Ella negó con la cabeza.

–Jamás.

Pensó en darle una lección rápida y decidió que había necesidades más inmediatas de las que ocuparse.

John, por ejemplo. Tras una llamada rápida y una explicación breve, el exagente de las Fuerzas especiales no necesitó nada más.

–Voy para allá –dijo John.

Alexander colgó. Cara estaba pálida, pero vio también que estaba lista para mantenerse firme.

–Cara.

Se encontraron en el medio de la habitación. Él la abrazó, y ella lo besó. No quería soltarla, pero sabía que tenía que hacerlo.

–Todo irá bien, nena –le susurró él.

Y rezó para que así fuera.

Se puso la misma ropa que se había puesto aquel día para entrar en el apartamento de Manhattan. Ella también se puso unos vaqueros, zapatillas de deporte y una camisa oscura.

Alexander llamó a Matthew.

–Soy yo –le dijo–. Tenemos problemas

Su hermano se puso alerta al instante. Alexander le dio solo los detalles más importantes. Entonces le dio a Matt los nombres de los agentes del FBI que habían interrogado a Cara.

Matt volvió a llamarlo en menos de diez minutos. El FBI estaba investigando a Tony Gennaro, pero Giacometti y Goldberg no eran agentes. Sus tarjetas de identificación eran falsas.

–He llamado a Cam –añadió Matthew con brusquedad–. Vamos para allá.

–Bien, bien –Alexander se aclaró la voz–. Escucha, Matthew, por si acaso... por si acaso ha pasado todo cuando lleguéis...

–Nos encargaremos de Shaw.

La fría resolución de Matthew hizo sonreír a Alexander.

–Sé que lo haréis –hizo una pausa; había más que decir, pero no era fácil–. Ya sabéis lo que significáis para mí. Y... Y a nuestro padre... Decidle...

–Se lo dices tú –dijo Matthew con brusquedad.

–Sí –Alexander se aclaró la voz–. Tienes razón.

Cortó la llamada.

Después de eso, solo quedaba desconectar los dispositivos de seguridad, apagar las luces y esperar. John ya estaba con ellos dentro de la casa, agachado detrás de una butaca enorme que había en el vestíbulo, con una pistola en la mano.

Alexander le dio a Cara una lección rápida sobre cómo utilizar una pistola y dónde apuntar en el caso de que fuera necesario.

Cuando estuvieron listos, se colocó detrás de una mesa del pasillo en lo alto de las escaleras.

El tiempo pasaba lentamente.

—¿Estás seguro de que vendrán? —susurró Cara.

Estaba seguro. Shaw había dicho cuatro o cinco horas, pero también que los hombres que iban tras ellos estaban ya en Florida. Si no se equivocaba, lo de las cuatro o cinco horas no era más que algo para despistarlo, para darle una sensación de seguridad falsa.

El ataque en sí llegaría...

En ese momento.

La puerta de la entrada se abrió unos centímetros, dejando que la luz gris del amanecer se colara por la abertura. Tres sombras encogidas accedieron al vestíbulo. Giacometti y Goldberg, seguramente, más uno de refuerzo. Que él supiera, tal vez hubiera más hombres fuera. Habrían venido en barco, porque no había oído el ruido del motor del avión.

Alexander esperó, al igual que sabía que John estaba esperando. Lo habían planeado con todo el cuidado posible, teniendo en cuenta que habían ignorado cómo atacaría el enemigo.

En silencio, Alexander empezó la cuenta atrás... Nueve, ocho, siete, seis...

—Tirad las armas —gritó al tiempo que encendía la linterna y corría hacia el extremo de la mesa, con la esperanza de variar el rumbo del objetivo de los intrusos, y al tiempo que John disparaba a la pared, sobre sus cabezas.

Los intrusos abrieron fuego inmediatamente.

Cuando a uno le disparaban, no había otra elección que disparar también. O eso o morir. John y él lo sabían, así que John disparó de nuevo, al igual que Alexander.

A los pocos instantes, todo había terminado. En el suelo del vestíbulo había tres cuerpos tirados en el suelo.

–Oh, Dios, Alexander...

–Quédate ahí, Cara.

–Pero...

–Quédate ahí –repitió en tono de advertencia–. ¿John?

–Sí. Estoy bien. ¿Y tú?

–Bien.

Alexander encendió la linterna de nuevo y la dirigió hacia los cuerpos cerca de la puerta. Había manchas de sangre, y no se movían.

John y Alexander se encontraron al pie de las escaleras.

–Voy a echar un vistazo fuera –dijo John.

Alexander asintió y le dio la vuelta a los cuerpos con el pie.

–Giacometti –susurró una voz temblorosa detrás de él.

–Cara. Te he dicho que te quedaras...

–El otro es Goldberg.

Los falsos agentes del FBI. También eran los dos hombres que habían entrado en el apartamento de Cara.

–A ver... no reconozco al tercer hombre.

–Yo sí –dijo Alexander–. Es Shaw.

El director gimió y entreabrió los ojos al oír su nombre. Alexander se agachó junto a él.

–¿Por qué? –le dijo a Shaw.

Shaw miró a Cara.

–Porque... porque me vio –susurró Shaw–. En casa de Gennaro –una mueca afeó sus labios–. No debería haberte utilizado a ti, Knight. Debería...

Un espasmo sacudió su cuerpo y empezó a toser. Alexander esperó a que se le hubiera pasado.

–¿Y estos hombres? ¿Trabajaban para Gennaro?

Shaw negó con la cabeza.

–Gennaro no está en esto.

Tosió un poco más. Alexander le puso la mano debajo de la cabeza y se la sujetó.

–Pero Gennaro y usted estaban juntos en algo. ¿Qué era?

Shaw hizo un gesto de asco y desafío.

–Vete al infierno, Knight.

Tras un largo gemido entrecortado, Shaw murió.

Alexander lo miró unos momentos. Entonces se levantó, se guardó la pistola, sacó el teléfono y llamó al hombre para quien había trabajado en su día, al anterior director de la Agencia, le dijo quién era y que debía ir a la isla lo antes posible.

Para sorpresa suya, el anterior director no le preguntó nada.

–Estaremos allí lo antes posible.

Alexander se guardó el teléfono en el momento en que John entraba de nuevo en la casa.

–He encontrado su barca varada en la cala –John miró los cuerpos–. Solo estaban estos tres. No hay nadie más.

Alexander asintió.

–La ayuda está en camino. Y, ¿John? Gracias.

John sonrió.

–De nada. Me salvaste el pellejo hace mucho tiempo. Me alegra devolverte el favor.

–La señorita y yo vamos a dar un paseo –dijo Alexander–. ¿De acuerdo?

–Claro –respondió John.

Cara estaba pálida. Alexander no le soltó la cintura mientras caminaban por la playa. El sol se alzaba sobre el mar, pintando el cielo de carmesí.

–Todo ha terminado, cariño.

Ella lo miró, con la mirada cargada de interrogantes.

–No lo entiendo. ¿Por qué esos hombres...?

–El FBI está investigando a Gennaro, pero los hombres que se acercaron a ti no eran agentes verdaderos. Trabajaban para Shaw, que era... el director de la organización para la que yo trabajé en el pasado.

–Pero yo lo vi en casa de Gennaro.

–Exactamente. Shaw y Gennaro debían de tener alguna especie de trato. Shaw temía que pudieras implicarlo.

–Pero yo no sabía quién era.

–Supongo que no quería arriesgarse –Alexander la abrazó con fuerza–. Mis hermanos y yo llegaremos hasta el fondo del asunto, te lo prometo –su tono de voz se suavizó–. Tenías razón. Gennaro no intentaba hacerte daño; pero tampoco es uno de los buenos, lo siento.

Cara sonrió superficialmente.

–Eso ya lo sabía. Solo que quería que me creyeras cuando te dijera que no era su...

Él la silenció con un beso.

–Te creo –la abrazó y notó que ella temblaba–. Lo importante es que todo ha pasado ya.

Alexander estaba equivocado. Cara lo sabía. Se dijo que debía decírselo, aprovechar ese momento...

Pero él la miraba de otro modo; no con deseo sino con una ternura que le llenaba el corazón de alegría.

–Cara –se aclaró la voz–. Mis hermanos llegarán enseguida –la agarró por los hombros–. Podemos volar a Nueva York –vaciló–. O bien...

–¿O bien qué? –susurró ella.

–O puedes venir a Dallas conmigo. Para estar conmigo.

Ella no respondió. Y era lógico. Lo que acababa de decirle no lo había planeado. Aspiró hondo.

–Eso es, si tú quieres estar conmigo...

Su sonrisa fue tan brillante como los rayos del sol. Se puso de puntillas y le agarró la cara entre las manos.

–Sí. Oh, sí, Alexander. Sí...

Alexander la besó, se tumbó con ella sobre la arena y le dijo con su cuerpo lo que aún no estaba listo para decirle, ni siquiera a sí mismo, con palabras.

Que estaba enamorado de ella.

Capítulo 11

ERA sorprendente cómo una mujer le cambiaba la vida a un hombre.

Alexander no era tonto. Sabía que se producirían algunos cambios. Por ejemplo, uno se comprometía con la otra persona.

Se dio cuenta de que había otras cosas que cambiaban cuando uno le pedía a una mujer que compartiera su vida.

Resultó que las mujeres eran raras con detalles insignificantes. No entendían por ejemplo que a los hombres les gustara comerse de desayuno las sobras de la pizza del día anterior. Y luego estaba lo de la tapa del váter. Había que bajarla después de orinar. Y lo de los tubos de pasta de dientes. Había que apretarlos desde abajo.

Cuando se lo contó a sus hermanos, se miraron con sendas sonrisillas avergonzadas y dijeron que sí, que los hombres no tenían en su naturaleza algunas cosas que eran propias de las mujeres.

Y lo peor fue que tanto la esposa de Cam, Leanna, como la de Matthew, Mia, se unieron a Cara para comparar el comportamiento de los bárbaros hermanos Knight.

Alexander se había quejado cuando se había enterado. Pero todo era de broma.

Lo cierto era que estaba encantado de que su Cara se hubiera integrado tan bien en su familia. Sus hermanos decían que era estupenda, sus cuñadas la adoraban y a su padre lo tenía totalmente encandilado.

Y Alexander nunca había sido tan feliz.

Le encantaba despertarse entre los brazos de su amante, y dormirse con su cabeza apoyada en su hombro.

La llevaba a restaurantes, a partidos de fútbol, a conciertos de rock y, que Dios se apiadara de él, al ballet a ver a Leanna. Jamás había deseado a una mujer como deseaba a Cara, y no solo sexualmente, sino que quería que estuviera en su vida. Ya podía estar vestida tan elegantemente que todos los hombres se quedaban boquiabiertos al verla, o como estaba en ese momento, a la mesa del desayuno, con unos pantalones de chándal, el cabello recogido y sin una gota de maquillaje.

–¿Qué?

Alexander pestañeó. Cara lo miró a través del mar de tazas y bollos, y ladeó la cabeza.

–¿Eh?

–Me estabas mirando –dijo ella.

Él sonrió.

–¿Y está prohibido?

–Ya sabes a lo que me refiero, Alexander. Estabas poniendo una cara muy rara.

–¿Ah, sí? –dijo sonriendo–. Supongo que sería porque estaba pensando lo maravilloso que es tenerte aquí conmigo.

Ella sonrió también.

–¿De verdad?

–Sabes que sí, cariño. ¿Eres feliz?

¿Feliz? Feliz era decir muy poco. Se había preocupado un poco después de decirle que sí viviría con él, pero los hermanos de Alexander y sus cuñadas la habían acogido de buen grado. Incluso el patriarca, una versión en mayor de sus hijos, la había recibido con los brazos abiertos.

Alexander y sus hermanos se llevaban bien con su padre. Si por lo menos ella pudiera tener lo mismo. Ni siquiera había sabido quién era su padre hasta hacía unos meses. Se había pasado toda la vida pensando que el hombre que se había casado con su madre había fallecido cuando ella era pequeña, como le había dicho su madre.

Entonces se había enterado de la verdad. Y había odiado a su madre muerta por mentirle, y a su padre. Estaba segura de que sus reacciones eran las únicas posibles... Hasta que no había visto a Alexander y a su padre juntos, y vio años de hostilidades aparcadas en un momento espontáneo de afecto.

Tal vez estuviera equivocada. Tal vez...

–¿Cariño?

Cara miró a Alexander, que la miraba con preocupación, y se dio cuenta de que no le había contestado.

–Sí, sí –dijo en voz baja–. Soy feliz, Alexander. Soy muy feliz.

Debía aprovechar ese momento, decirle la verdad.

–¿Alexander? Tengo que decirte algo de... de...

–Quiero que dejes esa casa de Nueva York y te traigas tus cosas aquí –dijo él repentinamente

Se lo dijo además de una manera tan apresurada, que Cara entendió que llevaba muchos días queriéndoselo decir. Se inclinó hacia ella, con sus maravillosos ojos verdes fijos en ella.

–Quiero saber que eres verdaderamente mía, cariño. Y que yo soy tuyo. ¿Te parece bien?

–¿Bien? –se echó a reír–. Oh, sí, Alexander... Me parece muy bien.

Él la miró como si le hubieran quitado todo el peso del universo de sus hombros.

Segundos después, estaban el uno en brazos del otro.

El bar estaba lleno, como lo estaba cada viernes por la noche, el día en que los tres hermanos quedaban para tomar unas cervezas y pasar un par de horas juntos.

Había estado a punto de no ir, no quería dejar a Cara sola en casa, pero ella le había animado, diciéndole que tenía que arreglarse las uñas, y depilarse.

Los hermanos ocuparon su mesa de siempre, pidieron cerveza y hamburguesas y se recostaron en los asientos para relajarse.

Hasta hacía unos meses, la conversación de los viernes se había centrado en el trabajo y en las mujeres. Siempre en las mujeres.

Pero todo eso había cambiado.

En el presente hablaban de cosas que jamás podrían haberse imaginado; sobre la casa que Cam se estaba haciendo en un terreno junto a una colina, sobre el terreno contiguo que Matthew había comprado para hacerse otra casa; o sobre los otros diez acres que le habían ofrecido a Alexander unos meses atrás.

–¿Quién? ¿Yo? –había dicho Alexander.

Pero ya les estaba preguntando por esos acres.

Matthew y Cam se miraron.

–¿Por qué? –le preguntó Cam–. ¿Estás pensando en comprar?

–Tal vez –dijo Alexander sin levantar la vista de su jarra de cerveza–. Quiero decir, estáis los dos creando el complejo Knight; no estaría bien que un extraño se quedara con la otra parcela, ¿verdad?

Matthew asintió.

–No, desde luego que no –Matthew miró a Cam con disimulo–. No estarás pensando en comprar una casa, ¿verdad, Alexander?

–¿Yo? ¿Una casa? ¿Para qué? Me gusta la casa que tengo aquí en la ciudad.

–Bueno –dijo Cam con naturalidad–, a mí también

me pasaba lo mismo, hasta que me casé. No tardé en
darme cuneta de que Salomé y yo necesitábamos
comprar algo de propiedad. Una casa –dio un bocado
a su hamburguesa–. Y de que, pasado un tiempo, ten-
dríamos niños.

–Sí, a mí me pasó lo mismo.

Los dos hermanos Knight mirando al tercero. Alexander se puso colorado.

–Sé lo que estáis pensando.

–¿Y?

Tragó saliva con dificultad.

–Y, tenéis razón. Estoy loco por Cara. Quiero ca-
sarme con ella.

–¿Y cuándo es el gran día?

Alexander suspiró.

–No lo sé. Yo... todavía no se lo he preguntado.

–¿Y a qué estás esperando? Ve a casa y hazlo.

–Sí. Pero y si ella dice...

–No lo hará –Matthew sonrió y le dio una palmada
en la espalda a su hermano–. Te ama, hemos visto
cómo te mira, Alexander.

–¿Entonces voy y se lo pido, así sin más?

–Así, sin más –dijo Cam–. Ahora mismo –sonrió–,
ahora que todavía tienes el coraje de pedírselo.

Alexander suspiró, se puso de pie, sacó la cartera y
dejó unos billetes sobre la mesa.

–Esta noche invito yo.

No estuvo seguro de si sus hermanos le habían
oído o no; pero sí que le habían oído. Cuando todavía
no había llegado a la puerta sus hermanos lo alcanza-
ron; y Matthew le hizo una llave y le aprisionó la cabeza. Para horror suyo, ambos hermanos le plantaron
sendos besos en las mejillas.

–Este hombre se va a casar –anunció Cam.

La gente empezó a felicitarlo, y Alexander se
sonrojó.

Ser el más pequeño de los Knight nunca había sido fácil.

Volvió a casa en un tiempo récord. Toda vez que había tomado la decisión, quería pasar directamente a la acción.

¿Qué le había llevado tanto tiempo?, pensaba mientras dejaba el coche en el garaje subterráneo del edificio. Hacía ya días que sabía que amaba a Cara; semanas ya. Maldita sea, lo sabía tal vez desde que la había sacado de la ducha medio desnuda.

Sonrió mientras tomaba el ascensor al ático de lujo. Ella también lo amaba, de eso estaba seguro. Su manera de mirarlo, cómo suspiraba cuando él la besaba. Por supuesto que lo amaba.

Y por supuesto que diría que sí.

Pero quería que aquel fuera un momento romántico. Le pediría que se vistiera y lo acompañara a una tienda. Se miró el reloj. Las ocho y media. ¿Estarían abiertas las tiendas? Entrarían en una joyería y le pediría que le echara un vistazo a los anillos; entonces se pondría de rodillas, y allí delante de todo el mundo le pediría que fuera su esposa.

Lo que debía hacer era sorprenderla. Abrió la puerta sin hacer ruido y avanzó de puntillas por el enorme vestíbulo de entrada... Oyó unas voces que salían de la sala de estar. Alexander frunció el ceño. A sus hermanos acababa de dejarlos, y Avery, su padre, estaba fuera de Dallas en viaje de negocios.

Pensó en echar a correr hacia ella para protegerla, pero le dio una sensación extraña... Hablaban en voz baja, en tono un poco forzado, Cara y un hombre.

Sigilosamente avanzó por el pasillo, sus pasos quedaron ahogados por la moqueta. Sí, Cara estaba allí, con un hombre. Era de mediana edad, fortachón, con un traje caro y una corbata discreta. Sin embargo tenía algo de miserable, de mezquino.

–...la necesita, señorita Prescott –dijo el del traje oscuro–. La necesita urgentemente.

Cara negó con la cabeza.

–Lo siento. Dígale que no voy a volver.

–No lo entiende, señorita. Él dice que si tal vez alguna vez lo quisiera...

–No voy a volver –repitió Cara–. Sé que eso le hace daño, pero...

El hombre se metió la mano en el bolsillo y sacó un collar de diamantes que brillaban como el sol.

–Le ha enviado esto.

–No –susurró Cara, la vista fija en los diamantes que brillaban como llamas ardientes en la palma de la mano del visitante.

–Quiere que te lo quedes.

–No –repitió ella.

Pero Alexander vio que vacilaba y movía la mano, para retirarla al momento.

–El señor Gennaro quiere que se lo quede, aunque no vaya a verle.

–Oh, Dios –Cara estaba llorando–. Por favor, esto no es justo. Él sabe que no lo es. Tentarme así...

El hombre le tomó la mano y se la colocó sobre el collar.

–El señor Gennaro le pide que piense en lo que significa este collar. Para él. Y para usted.

La mano le temblaba cuando se llevó los diamantes al pecho. Agachó la cabeza. El hombre esperó...

Al igual que Alexander.

Una frialdad peor que la muerte se asentó en el silencio, metiéndosele en la sangre, en el corazón.

–De acuerdo –Cara asintió finalmente–. Iré con usted. Pero primero... tengo que dejar una nota.

Alexander apareció entonces a la puerta del salón.

–No hace falta –dijo mientras entraba en la sala.

Cara se volvió hacia él, con los ojos abiertos como platos.

–Alexander –pronunció con una sonrisa trémula–. Tengo tanto que contarte. Tanto que debería haberte contado...

–Olvídalo –pasó a su lado hacia el mueble de teca de la pared, para servirse un coñac–. No hay necesidad.

–¡Sí que la hay! No sé cuánto has oído, pero...

–Ya te lo he dicho. Lo he oído todo –dio un trago–. Quiere que vuelvas con él. Y tú vas a ir –sonrió de nuevo–. Y no me extraña. Solo hay que ver el collar.

–No es lo que piensas... Déjame que te explique, Alexander.

–¡No! –la rabia le calentaba la sangre como el fuego–. No me expliques nada. No quiero que hables. Ya me has mentido bastante.

–Por favor, Alexander...

–¡Y no me llames así! –se movió rápidamente, le agarró de la muñeca y le torció el brazo a la espalda–. No se meta en esto –dijo Alexander al ver que el hombre se adelantaba–. Porque si no saldrá de aquí con los pies por delante.

–Está bien, Joseph –dijo Cara temblando–. De verdad, está bien. Por favor, espérame en el ascensor.

Cara esperó hasta que el hombre que Gennaro había enviado salió al pasillo.

–Alexander –dijo entonces–. Te lo ruego. Si me dejaras...

–¿Dejarte el qué? ¿Mentir?

–No hagas esto, Alexander... Por favor –se le llenaron los ojos de lágrimas.

–¿Hacer el qué? ¿Decirte que hemos terminado? ¿Que hagas la maleta y te vayas con tu novio? –se echó a reír–. Iba a esperar hasta el domingo por la noche. Esta noche he hablado con mis hermanos y he empezado a pensar con lógica –la soltó con un pequeño empujón, y ella se tambaleó un poco–. Tú me has ahorrado la molestia.

–No lo dices en serio, Alexander. Sé que no.

–Entonces estás equivocada, cariño. Claro que lo digo en serio. Y no me mires así. Se me fue la cabeza –él sonrió–. Eres genial en la cama, ¿lo sabías? Lo suficiente como para llevarte un viaje a Dallas, y unos cuantos trapos caros...

Ella le dio un bofetón en la cara. Tan fuerte, que le retumbó en los oídos. Por un momento, estuvo a punto de devolvérselo. Pero a él no le iba eso de pegar a las mujeres, fueran cuales fueran las circunstancias.

–¡Espero que ardas en el infierno, canalla!

Habló en voz baja. Al verla temblar de pies a cabeza, el muy tonto sintió ganas de abrazarla y decirle que...

¿Qué le iba a decir?

Ella no era ya nada para él. Había jugado con él, pero ya todo había terminado.

La vio salir de la habitación y pasar delante del hombre, que esperaba inmutable en el pasillo.

El hombre del traje oscuro le echó una mirada a Alexander como queriéndole decir que no se iba a quedar quieto si tenían el placer de encontrarse de nuevo.

–Cuando quieras –dijo Alexander en voz baja.

El hombre sonrió, apuntó a Alexander con el dedo como si su mano fuera una pistola, se volvió hacia el ascensor privado y siguió a Cara al interior.

Así de rápidamente, Cara salió de su vida.

Capítulo 12

CAMERON y Matthew estaban sentados a su mesa favorita de su bar favorito dos viernes después, preparándose para lo que ninguno de los dos era capaz de llamar una intervención.

—Es una intervención —dijo Matt, estremeciéndose al oír la palabra—. Será mejor que lo reconozcamos.

—Llámalo como quieras —dijo Cam con pesar—. Pero no me importa, tenemos que hacer algo.

—Sí, lo sé. No podemos dejar que siga así.

—Leanna cree que es por Cara por lo que Alexander está así...

Matt asintió.

—Mia dice lo mismo.

—Bueno, a las mujeres se les dan bien estas cosas. Además es algo razonable. Cuando Alexander salió de aquí hace dos semanas, iba a pedirle matrimonio. Pero cuando volvimos a verlo...

—Dos días después.

—Eso, dos días después; le pregunté que cómo le había ido. «¿Cómo me ha ido el qué?», me dice él. Y yo le digo: «pues lo de pedirle a Cara que se casara contigo». Entonces me miró con esa mirada que...

—Ya sé qué mirada. Yo le pregunté y me hizo lo mismo.

—A mí me dijo que debía de haberle entendido mal, que nunca había sido su intención pedirle nada salvo que se largara.

–Y debió de hacerlo. Mia dice que no ha hablado con ella en toda la semana.

Cam asintió. Leanna tampoco.

–¿Y te lo creíste? –miró a Matt con gesto sombrío.

–No. Es una trola que se está inventando.

–Es hora de que interven... Es hora de que hablemos con él.

–Lo sé. No podemos dejar que esto continúe. Está como un zombi.

–Sí, ah... cuidado... Aquí viene. No digas ni una palabra más.

–De acuerdo. Ni una palabra más hasta que llegue el momento adecuado.

Los hermanos levantaron la cabeza cuando Alexander llegó a la mesa.

–Hola –dijo Matt alegremente.

–Hola –dijo Cam del mismo modo.

–¿Qué pasa? –dijo Alexander sin más; se retiró la manga y se miró el reloj–. Dijisteis que era importante.

–Bueno, como todos los viernes. Ya sabes. Queríamos tomar una cerveza y comer algo y...

–Y preguntarte qué demonios ha ido mal entre Cara y tú.

Cam miró a Matt, que volteó los ojos para disculparse.

–Bueno, no has esperado al momento adecuado. Pero da lo mismo. Es una buena pregunta. Somos tus hermanos y, maldita sea, merecemos una respuesta.

Alexander miró a su alrededor, se echó a reír, se dio media vuelta y echó a andar hacia la puerta. Cam y Matt se pusieron de pie de un salto, le hicieron un gesto al camarero y fueron detrás de él.

–Dejadme tranquilo –dijo Alexander sin perder el paso.

–No hasta que no respondas a la pregunta.

Estaban en la calle. Alexander estaba muy tenso.

—Dejadlo ahora, que no ha pasado nada.

—¿Qué es eso? ¿Una amenaza? —Cam se cruzó de brazos—. No hay problema, chico. ¿Quieres pegarnos? Adelante.

—¿Qué diablos queréis? —dijo Alexander.

—Lo que queremos —dijo Matt en voz baja— es ayudarte a pasar lo que sea que te está matando.

—¿Quién dice que haya algo que me está matando?

Cam suspiró.

—Si hay que pegarte para que hables, bueno, lo haremos; pero tiene que haber una manera mejor.

Alexander miró a sus dos hermanos. Lo que vio en sus ojos le atenazó la garganta de la emoción.

—Estáis locos.

—Di más bien preocupados. Por mucho que me cueste reconocerlo, te queremos. Si crees que vamos a dejarte que vayas por ahí como si estuvieras solo en un planeta, eres tú quien está loco. ¿Lo has entendido?

Alexander tragó saliva.

—¿Es ese el aspecto que tengo?

—Peor.

Alexander no dijo nada. Entonces, se derrumbó.

—Ella me dejó —dijo en voz baja—. Cara me dejó.

Matt y Cam se miraron. Entonces se pusieron cada uno a un lado de Alexander y volvieron a entrar con él en el bar.

Un hora después, con una botella de Jack Daniel's casi vacía, seguían dándole vueltas a la historia.

—Estaba tan seguro de que la conocía —dijo Alexander en voz baja—. Tan seguro de que sabía lo que sentía. Habría puesto la mano en el fuego para demostrar que ella no era la amante de Gennaro —soltó una risa amarga—. Y luego aparece ese tipo con los diamantes y la lleva de vuelta con su jefe.

–¿Estás seguro de que todo lo que dices? ¿No puede ser que entendieras mal? –le preguntó Matt.

–Es muy difícil entender a una mujer que mira un collar, te mira a ti y te dice: «Adiós, Alexander, me lo he pasado muy bien».

–No te dijo eso.

Alexander suspiró y dio otro sorbo de café.

–No, claro que no –apretó los labios–. Me dijo que me lo podría explicar.

–¿Y?

–¿Y creéis que me interesaban sus mentiras? –negó con la cabeza–. Me arrepiento de no haberlo hecho de otra manera.

–¿Como por ejemplo?

–Pues debería haberle partido la cara al tipo ese, para empezar –apretó los dientes–. Mejor aún, debería haber ido a ver a Gennaro para obligarlo a comerse el maldito collar, cada diamante, de uno en uno, mientras Cara lo miraba.

–Es del todo comprensible –dijo Cam.

Alexander se recostó en el asiento y entrecerró los ojos, como fijándolos en algo que solo pudiera ver él.

–La casa de Gennaro está a las afueras de Nueva York. En la Costa Dorada de Long Island. Seguramente será como un fuerte.

Matt asintió.

–Como la finca de Hamilton, en Colombia.

–Sí –dijo Cam–. Pero siempre hay algún resquicio.

Los tres hermanos se quedaron en silencio. El ruido y las risas del bar se desvanecieron.

–Solo necesito quince minutos –dijo Alexander en voz baja–. Tal vez veinte. Cinco para Gennaro –miró a Matt y a Cam–. El resto para Cara.

Sus hermanos no le hicieron ninguna pregunta. Cada uno había sentido anteriormente lo que él sentía en ese momento; cada uno había hecho siempre lo necesario para sobrevivir.

–No hay problema –dijo Matt.

–No necesitaríamos mucho equipamiento –Alexander se inclinó hacia delante y habló con emoción–. Lo habitual. Ropa oscura, pasamontañas, cuerda, un par de dispositivos electrónicos... Bueno, todo eso lo tenemos en la oficina.

Cam asintió.

–¿Cuándo?

Alexander sonrió.

–¿Qué os parece mañana por la noche?

La finca de Tony Gennaro estaba en una carretera lateral flanqueada de árboles que rodeaba la bahía de Long Island.

Los árboles ocultaban los altos muros que rodeaban el terreno y la mansión de piedra gótica. Los tres se lo habían imaginado. El sitio estaba repleto de dispositivos de seguridad. Pero nada que no hubieran visto antes.

A los tres les encantaba aquello: el desafío, la emoción, el peligro, la subida de adrenalina...

Pero para Alexander era mucho mejor.

Solo podía pensar en Cara. Quería verla en el marco que ella había elegido; la amante de un espía en su elemento. Esa mujer a la que había creído amar. Esa mujer que había dormido entre sus brazos, que le había sonreído y que le había susurrado tantas mentiras.

Pero no pensaba permitir que saliera airosa de aquello. Le había mentido, y pagaría por ello.

Veinte minutos después estaban dentro de la mansión. Estaba oscura, silenciosa como una tumba. Alexander encontró la alarma interior, y a los dos minutos estaba desconectada.

Los hermanos se separaron y se reunieron después en el mismo sitio. Habían encontrado a dos ocupantes en sendas habitaciones detrás de la cocina. Un ama de llaves y un jardinero. Los dos dormirían bien esa noche y se preguntarían por qué tenían esas pequeñas marcas rojas en el brazo.

Alexander señaló las escaleras. Cam y Matthew asintieron. Sin hacer ruido, subieron al segundo piso y se separaron de nuevo. A los pocos minutos, Matt y Cam volvieron al sitio donde se habían separado. Ninguno de los dos había encontrado nada. Alexander fue el último en presentarse. Sus hermanos lo miraron a la cara y se dieron cuenta enseguida.

Había encontrado a Cara.

Señaló hacia las escaleras, para que sus hermanos entendieran que se tenían que marchar. Sus hermanos sacudieron la cabeza, sabiendo el peligro que podría correr, sobre todo si Tony Gennaro estaba con ella, pero Alexander no cedió.

Tenía la intención de llevar a cabo esa parte él solo.

Pasado un momento sus hermanos asintieron con la cabeza. Lo abrazaron rápidamente y se marcharon.

Alexander esperó un par de minutos. Entonces, volvió muy despacio al dormitorio de Cara, abrió la puerta y se metió sigilosamente. ¿Estaría Gennaro allí? Se puso tenso y se le aceleró el pulso. Si lo estaba, el muy asqueroso moriría. No dudaría, ni se lo pensaría dos veces.

En ese momento Alexander no tenía nada de civilizado. Esa noche, el ardor guerrero de los antepasados de su madre le corría con fuerza por las venas.

Estaba de pie en medio de una habitación donde la oscuridad quedaba interrumpida por la luz lechosa de la luna. Las sombras huían a los rincones, otorgándole al espacio una frialdad funesta; y el susurrar del viento entre los árboles en el exterior de la casa se añadía a la sensación de desasosiego.

Los inquietos movimientos de la mujer que dormía en la gran cama con dosel eran fruto de todo ello.

Estaba sola, la mujer a la que él había creído amar. Esa mujer a la que conocía. A la que conocía íntimamente.

La delicadeza de su aroma, como un susurro de lilas en primavera, estaba impresa en su mente, así como su cabello castaño dorado, deslizándose sobre su piel, y el sabor de sus pezones, calientes y dulces en su lengua.

Apretó la mandíbula. Ah, sí. La conocía. Al menos, eso era lo que había pensado.

Pasó un rato. La mujer murmuró algo en sueños y movió la cabeza con agitación de un lado al otro. ¿Estaría soñando con él? ¿Con cómo se había burlado de él?

Razón de más para ir allí esa noche.

Superación del conflicto. La palabrería de los psiquiatras del siglo XXI que no tenían ni la más remota idea de lo que en realidad significaba.

Alexander sí. Y cerraría aquel capítulo cuando hiciera suya a la mujer que estaba en esa cama una última vez. Quería tomarla, sabiendo lo que era; sabiendo que lo había utilizado; que todo lo que habían compartido había sido una mentira.

La despertaría de su sueño. La desnudaría. Le sujetaría las manos sobre la cabeza, y se aseguraría de que lo mirara a los ojos mientras la tomaba, para que viera que no significaba nada para él, que practicar el sexo con ella era una liberación física y nada más.

Había habido docenas de mujeres antes que ella y habría docenas más. Nada de ella, o lo que habían hecho el uno en brazos del otro, era memorable.

Él lo entendía bien. Pero tenía que estar seguro de que ella también lo entendía.

Alexander se inclinó sobre la cama. Agarró el borde del edredón que la cubría y lo retiró.

Ella llevaba puesto un camisón, seguramente de seda. A ella le gustaba la seda. Y también a él. Le gustaba el tacto de la seda, y cómo se había deslizado sobre su piel todas esas ¿veces en las que ella le había hecho el amor con su cuerpo, con sus manos y su boca.

La miró. No podía negar que era preciosa. Tenía un cuerpo magnífico. Un cuerpo largo y formado. Concebido para el sexo.

Adivinó la forma de sus pechos bajo la tela fina, redondeados como manzanas, coronados con pezones pálidos y tan sensibles al tacto que sabía que, si agachaba la cabeza y pasaba suavemente la punta de la lengua por su delicada consistencia, arrancaría de su garganta un gemido gutural.

Bajó la vista un poco más, hasta su monte de venus, una oscura sombra visible a través del camisón; del color de la miel oscura. Los gemidos que ella había emitido cuando él se lo había acariciado, cuando había separado sus labios con la punta de los dedos, cuando había pegado allí su boca, buscando la yema escondida que lo esperaba. La había lamido, lo había succionado con la boca mientras ella se arqueaba hacia él y sollozaba su nombre.

Mentiras todo ello. No se sorprendía. Era una mujer a quien le encantaban los libros y las fantasías que encerraban.

Pero él era un guerrero, y su supervivencia se basaba en la realidad. ¿Cómo había podido olvidarse de eso?

¿Y cómo era posible que solo con mirarla se excitara? El hecho de que aún la deseara le fastidiaba mucho.

Se dijo que era normal; que era sencillamente natural.

Y tal vez fuera por eso mismo por lo que tenía que hacerlo. Sería un último encuentro, sobre todo en esa cama. Una última vez para saborearla; para hundirse entre sus muslos de seda. Sin duda eso calmaría un poco su rabia.

Había llegado el momento, se decía mientras le rozaba suavemente los pezones.

–Cara.

Su voz era tensa. Ella se quejó en sueños, pero no se despertó. Él repitió su nombre, la tocó otra vez. Ella abrió los ojos, y él vio el pánico repentino en su mirada.

Justo antes de que pudiera gritar, él se quitó el pasamontañas negro para que ella pudiera verle la cara.

Su expresión de pánico dio paso a algo que él no logró identificar.

–¿Alexander? –susurró ella.

–Sí, cariño.

–¿Pero... cómo has entrado?

Su sonrisa fue pausada y escalofriante.

–¿De verdad crees que este sistema de seguridad me impediría entrar?

Ella pareció darse cuenta en ese momento de que estaba casi desnuda. Fue a taparse con el edredón, pero él negó con la cabeza.

–No vas a necesitarlo.

–Alexander. Sé que estás enfadado.

–¿Es así como crees que estoy? –sonrió con el mismo gesto que había aterrorizado a algunas personas mucho tiempo atrás–. Quítate ese camisón.

–¡No! ¡Alexander, por favor! No puedes...

Se inclinó, posó sus labios sobre los de ella y la besó salvajemente, aunque ella forcejeara. Entonces agarró del escote del fino camisón y se lo arrancó.

–Estás equivocada –dijo él–. Esta noche puedo hacer lo que quiera, Cara. Y te prometo que lo haré.

La besó de nuevo y ella empezó a llorar. Sintió el calor de sus lágrimas en sus labios. Que llorara. Que gritara, pensaba con frialdad. Nada de eso lo detendría.

Se llevaría lo que había ido a buscar, lo que ella le debía. Si alguien iba a poner fin a esa relación, sería él.

Salvo que... Caramba, había dejado de forcejear. En lugar de eso temblaba entre sus brazos, y sollozaba su nombre, como si fuera un lema que la protegiera.

–Maldita seas –rugió mientras le tomaba las manos y se las subía por encima de la cabeza–. ¿Crees que tus lágrimas me van a enternecer? ¿Crees que soy lo bastante tonto como para creerme todas tus mentiras?

Cara tenía el rostro lleno de lágrimas.

–Yo nunca te mentí –dijo medio llorando.

–¡Cómo que no! Me dejaste creer que... me dejaste creer que tú...

–¿Que te amaba? –se le cascó la voz–. Sí, te amaba. Te amaba con todo mi corazón.

Era la primera vez que le había dicho esas palabras. Incluso en esos momentos, sabiendo que diría cualquier cosa para salvarse, fueron como un cuchillo que se retorcía en su pecho.

–Sí, claro –la empujó sobre las almohadas, lleno de rabia–. Me amabas tanto que volviste a él. Te compró con una baratija.

–¡No!

–¿Qué te he dicho, Cara? ¡No más mentiras!

Le apretó las muñecas para no apretarle el cuello. La detestaba por todo lo que le había hecho; por lo que le había hecho sentir. Por cómo había jugado con él, hasta hacerle creer que estaba enamorado de ella...

Pero sí había pasado. Era cierto. Él la había amado. Y ella... Ella le había roto el corazón.

Sin previo aviso, toda su rabia desapareció. En su

lugar estaba un abismo negro y él, un hombre que jamás había temido nada, se asomó a sus profundidades y temió perder su alma.

–¿Por qué lo hiciste? –le dijo con un suspiro ronco.

–Traté de explicártelo, Alexander. Pero no me quisiste escuchar.

–¿Querías joyas? Yo te habría comprado las joyas. Te habría comprado la luna.

–¿De verdad crees que eso es lo que quería de ti?

Él no respondió. ¿Qué más podía dejar al descubierto? ¿Cómo decirle que había creído que lo que quería de él era amor? ¿Que, a pesar de todo, todavía la amaba? Y siempre la amaría, fuera lo que fuera.

Maldijo entre dientes, le soltó las muñecas y subió la colcha. No debería haber ido allí esa noche. La rabia era una emoción mucho más satisfactoria que aquella amarga mezcla de dolor y desesperación.

–Alexander –susurró Cara–. ¡Oh, Alexander, si por lo menos me hubieras escuchado!

Tenía los ojos llenos de lágrimas, los labios temblorosos.

El corazón le dio un vuelco.

Un beso, pensaba él. Se inclinó y la besó en los labios. Ella suspiró y separó los labios; pronunció su nombre una y otra vez mientras le echaba los brazos al cuello.

¡No! Pero era demasiado tarde. Estaba perdido.

La abrazó muy despacio y la besó apasionadamente, deleitándose con su dulce sabor.

–¿Por qué? –dijo con voz ronca–. ¿Por qué me dejaste, cariño? ¿Por qué volviste con Gennaro? ¡No pudo ser por el maldito collar!

Cara pegó la cara al cuello de Alexander. Su secreto se había convertido en una carga muy pesada que quería arrastrarla hasta un mar de aguas turbulentas donde temía ahogarse.

Aspiró hondo, se retiró y miró a los ojos de su amante.

–El collar... el collar era de mi madre –dijo–. Y Anthony Gennaro es, hasta que murió ayer, era mi padre.

Le contó el resto de la historia mientras tomaban un vuelo de vuelta a Dallas.

Estaban en un compartimento privado de un jet más grande que pertenecía a Especialistas en Situaciones de Riesgo. Los Knight lo utilizaban para trasportar a clientes importantes, y Cam y Matt dijeron que nunca habían tenido alguien tan importante a bordo como su hermano y la mujer a la que amaba.

Cuando estuvieron a solas, Cara le contó todo a Alexander.

Un día un hombre había entrado en la biblioteca donde trabajaba. Se presentó como Anthony Gennaro. Le explicó que había comprado un lote muy valioso de primeras ediciones en una subasta. Necesitaba a alguien para que se los catalogara. Había preguntado, y le habían recomendado a ella como experta en el periodo del que databan los libros.

Le preguntó a Cara si le interesaría el trabajo. ¿Interesarle? Estaba emocionada. Comprobó con Sotheby's lo que le había dicho Gennaro, y vio que era verdad.

En aquel entonces, su nombre no significaba nada para ella. No leía los periódicos sensacionalistas y aunque lo hubiera hecho, jamás habría relacionado al hombre educado y bien vestido que le ofrecía una oportunidad que solo se presentaba una vez en la vida con el rufián que retrataba la prensa amarilla.

Vivir en la casa de un coleccionista rico mientras se catalogaba una colección de libros o de pinturas no era algo raro, y ella se mudó a una suite que él le ofreció para ello.

Gennaro la invitaba a comer o cenar con él, pero ella no se sentía cómoda haciéndolo. De modo que, la mayor parte de las veces comía en sus habitaciones. Pero eso no quería decir que no lo viera. Él se pasaba por la biblioteca a charlar. Y como vivía donde estaba la colección de libros, eso quería decir que podía trabajar a cualquier hora. Había veces en las que sus caminos se cruzaban. Él era, como decía él, un ave nocturna.

Ella también lo era.

Fue una de esas noches cuando Gennaro le dijo la razón por la que la había buscado.

Ella estaba en la biblioteca cuando él llamó a la puerta, diciéndole que deseaba hablar con ella de un tema personal. Enseguida Gennaro fue directamente al grano. Era, le dijo, su padre.

Cara no le creyó.

–Mi padre murió cuando yo era un bebé –le había dicho ella.

Él tenía pruebas. Una licencia de matrimonio para Anna Bellini y Anthony Gennaro. Una copia de la partida de nacimiento de Cara. Fotos de ella cuando era bebé, incluida una copia de una foto que también tenía ella, donde aparecía su madre con ella de bebé en brazos.

Le contó que su madre se había casado con él con dieciocho años. Entonces él tenía treinta años, era guapo, tenía éxito y dinero. Le había dicho que estaba en el negocio de los coches y ella lo creyó.

Pero su madre se había enterado de la verdad. Aunque seguía amando a su marido, le dio un ultimátum tras el nacimiento de Cara.

–Trabaja en algo legal –le dijo ella–, o te dejaré.

Gennaro se había echado a reír y le había dicho

que eso no era posible. Anna cumplió su palabra. Huyó con Cara, tomó un nombre nuevo y desapareció de su vista.

Gennaro no había dejado de buscar a la esposa a la que había amado y a la hija que apenas había conocido. No había encontrado a Anna, pero sí a Cara dos años atrás. La había observado a distancia, se había sentido tremendamente orgulloso de ella... y había esperado hasta el momento preciso para decirle que él era su padre.

Cara había escuchado su historia, pero no la había conmovido. Sabía lo dura que había sido la vida de su madre. Y cuando ella había buscado al día siguiente el nombre de Anthony Gennaro, se había quedado horrorizada al ver que era uno de los diez criminales más conocidos del país.

Entonces hizo la maleta, pero Gennaro le rogó que se quedara.

—Adoraba a tu madre –dijo él–. Te amaba a ti. Debería haber hecho lo que me pedía tu madre.

—Sí –contestó Cara–. Deberías haber hecho eso.

Gennaro le rogó que comprendiera. No estaba bien, le había dicho; su vida pasaba delante de él a toda prisa, como una hoja que baja por un torrente.

Le dijo que era demasiado tarde, y le dejó. Fue entonces cuando los agentes del FBI habían ido a verla.

—Los tipos que decían ser del FBI –dijo Alexander con pesar.

Cara asintió.

—Sí –sonrió–. Y entonces apareciste tú y me volviste la vida del revés. Me sentí tan feliz contigo, Alexander, estaba tan loca por ti... –su sonrisa vaciló–. Hasta la otra noche, cuando mi padre envió a uno de sus hombres para que hablara conmigo. Me trajo una carta de mi padre. Me decía que se estaba muriendo.

Me rogó que fuera a verlo una última vez –su voz se apagó–. Le dijo que mi madre habría querido que hiciéramos las paces, y por eso me envió los diamantes que ella había llevado el día de su boda; para que recordara que era hija de ella y de él.

Alexander le tomó las manos a Cara.

–Y entonces aparecí yo –dijo Alexander en tono brusco–, y te eché de mi vida.

–No fue culpa tuya. Si te hubiera dicho la verdad... –aspiró hondo–. Quise decírtelo, pero sabía cuánto odiabas a Anthony Gennaro y a hombres como él. Tenía miedo de decírtelo...

–Cara –Alexander se llevó sus manos a los labios–. Te amo con todo mi corazón, cariño. Siempre te querré. Eso no va a variar jamás.

Ella tenía los ojos brillantes.

–Bueno –dijo ella con una risa ronca–, me alegro mucho, Alexander. Quiero decir, que me ames. Porque yo te adoro a ti.

Él sonrió.

–¿Ah, sí?

–Y te diré otra cosa más, señor Knight –tenía la cara sonrojada–. Vas a tener que hacer de mí una mujer honesta.

–Dios mío, me encantan las chicas lanzadas. Quiero decir, pedirle a un hombre que se case contigo antes de que él... –Alexander dejó de sonreír cuando se dio cuenta de lo que le estaba diciendo ella–. ¿Una mujer honesta? ¿Cara? ¿Quieres decir que...?

–¿Te acuerdas la primera vez que hicimos el amor? No utilizamos nada y... –lo miró a los ojos–. Y...

–¿Estás embarazada?

Cara asintió.

–Sí –vaciló–. No sé qué te parece, Alexander, pero...

Alexander abrió la puerta del compartimento.

–Eh –gritó.

Sus hermanos, que estaban sentados delante, se volvieron a mirarlos.

—¡Voy a tener un bebé!

Cam y Matt sonrieron.

—Va a tener un bebé —dijo Matt.

—Él solito —añadió Cam.

—Vamos. Reíos. Vamos a casarnos, a tener un bebé, a comprar ese terreno al lado del vuestro y a construir una casa. ¿Qué os parece la noticia?

—Estupenda —dijo Matt—. Ven aquí y vamos a celebrarlo.

Alexander sonrió a Cara.

—Dentro de un rato —dijo en voz baja—. Dentro de un buen rato.

Entonces cerró la puerta, abrazó a su querida Cara y le demostró cuánto la amaba y cuánto la amaría siempre; y la vida tan maravillosa que les esperaba.

¡Desterrada! ¡Perseguida! ¡Reclamada!

El matrimonio concertado de la princesa Amber con el príncipe Kazim Al-Amed de Barazbin era un sueño hecho realidad… ¡al menos para ella! Pero la noche de bodas resultó ser un absoluto desastre y un furioso Kazim la desterró de su reino y de su vida…

Con la convulsa situación de su país, Kazim debía demostrar su capacidad para gobernar y ofrecer un heredero a su pueblo. Pero para hacerlo necesitaba encontrar a su princesa.

Amber siempre había tenido el poder de desequilibrar a Kazim, de hacerle perder el control. Pero si debía salvar su nación, y su matrimonio, debía reclamar a su esposa ¡y hacerla suya por fin!

EL PERFUME DEL DESIERTO
RACHAEL THOMAS

Acepte 2 de nuestras mejores novelas de amor GRATIS

¡Y reciba un regalo sorpresa!

Oferta especial de tiempo limitado

Rellene el cupón y envíelo a
Harlequin Reader Service®
3010 Walden Ave.
P.O. Box 1867
Buffalo, N.Y. 14240-1867

¡Si! Por favor, envíenme 2 novelas de amor de Harlequin (1 Bianca® y 1 Deseo®) gratis, más el regalo sorpresa. Luego remítanme 4 novelas nuevas todos los meses, las cuales recibiré mucho antes de que aparezcan en librerías, y factúrenme al bajo precio de $3,24 cada una, más $0,25 por envío e impuesto de ventas, si corresponde*. Este es el precio total, y es un ahorro de casi el 20% sobre el precio de portada. !Una oferta excelente! Entiendo que el hecho de aceptar estos libros y el regalo no me obliga en forma alguna a la compra de libros adicionales. Y también que puedo devolver cualquier envío y cancelar en cualquier momento. Aún si decido no comprar ningún otro libro de Harlequin, los 2 libros gratis y el regalo sorpresa son míos para siempre.

416 LBN DU7N

Nombre y apellido	(Por favor, letra de molde)

Dirección	Apartamento No.	

Ciudad	Estado	Zona postal

Esta oferta se limita a un pedido por hogar y no está disponible para los subscriptores actuales de Deseo® y Bianca®.
*Los términos y precios quedan sujetos a cambios sin aviso previo.
Impuestos de ventas aplican en N.Y.

SPN-03   ©2003 Harlequin Enterprises Limited

Rendidos a la pasión

Karen Booth

Anna Langford estaba preparada para convertirse en directora
de la empresa familiar, pero su
hermano no quería cederle el
control. Cuando ella vio que tenía la oportunidad de realizar
un importante acuerdo comercial, decidió ir a por todas, aunque aquello significara trabajar
con Jacob Lin, el antiguo mejor
amigo de su hermano y el hombre al que jamás había podido
olvidar.

Jacob Lin era un implacable
empresario. Y Anna le dio la
oportunidad perfecta de ven-
garse de su hermano. Sin embargo, un embarazo no
programado les enfrentó al mayor desafío que habían
conocido hasta entonces.

Lo que empezó como un simple negocio,
se convirtió en un apasionado romance

¡YA EN TU PUNTO DE VENTA!

Una promesa de venganza, una proposición del pasado, un resultado inimaginable...

Cuando Sophie Griffin-Watt abandonó a Javier Vázquez para contraer matrimonio con otro hombre, él se juró que encontraría el modo de hacerle pagar.

Sophie estaba desesperada por obtener la ayuda de Javier para salvar a su familia de la ruina, pero la asistencia que él le brindó tenía un precio: el hermoso cuerpo que se le había negado en el pasado.

El delicioso juego de venganza de Javier parecía el único modo de conseguir olvidarse de Sophie de una vez por todas. Sin embargo, cuando descubrió la exquisita inocencia de ella, ya no pudo seguir jugando con las mismas reglas...

JUEGO DE VENGANZA
CATHY WILLIAMS